至大宮
橋
豊
島
足
立
荒
川
文
京
台
東
新
宿
千
代
田
中
京成電車
赤羽
十條
下十條
王子
尾久
上中里
田端
日暮里
鶯谷
上野
御徒町
秋葉原
神田
板橋
池袋
目白
高田馬場
新大久保
新宿
大塚
巣鴨
駒込
西日暮里
三河島
南千住
北千住
五反野
堀切
牛田
北千住
中千住
西千住
千住大橋
千住中組
足立区役所前
北千住駅前
四千住
千住大橋
三ノ輪橋
泪橋
山谷町
吉野三
白鬚橋
向島
坂本二
下車坂町
入谷町
合羽橋
東本願寺
田原町
押上駅前
厩橋
蔵前三
浅草橋駅前
浅草橋
両国
両国橋
東両国
新大橋
浜町中橋
浜町公園
馬喰町
小伝馬町
人形町
水天宮前
岩本町
元岩井町
須田町
万世橋
淡路町
小川町
神保町
駿河台下
御茶ノ水
水道橋
飯田橋
九段上
九段下
市ケ谷見附
四谷見附
四谷三
新宿一
新宿三
新宿二
角筈
本郷三
湯島天神
天神下
春木町
上野広小路
上野公園
上野駅南口
上野駅前
国立博物館
美術館
動物園
不忍池
東大赤門前
東大正門前
農学部前
本郷追分町
指ケ谷町
白山上
小石川柳町
初音町
春日町
後楽園前
後楽園
文京区役所前
伝通院前
大塚辻町
大塚車庫前
大塚坂下町
護国寺
音羽三
音羽七
江戸川橋
早稲田
早稲田車庫前
鶴巻町
関口町
石切橋
大曲
東五軒町
築土八幡町
牛込見附
牛込北町
牛込柳町
山伏町
若松町
河田町
東大久保
東京女子医大
東京医大
日本女子大
学習院下
学習院大
面影橋
鬼子母神前
雑司ケ谷
東池袋
日出町二
大正大
六義園
東洋大
教育大
お茶大
跡見大
拓殖大
立教大
早稲田大
法政大
明治大
中央大
共立女大
大妻女大
東京理大
靖国神社
千代田区役所前
一ツ橋
三番町
半蔵門
麹町四
麹町六
二重橋
大手町
内幸町
皇居
三河島六
三河島町
新三河島
道灌山通
寛永寺坂
町屋
町屋一
町屋二
下尾久
熊ノ前
宮ノ前
小台
尾久六
荒川車庫前
梶原
長尾橋
王子二
王子駅前
神谷橋
王子四
王子北町
宮堀
志茂町一
志茂町三
岩淵一
滝野川
西ケ原町
一里塚
飛鳥山
西巣鴨
庚申塚
新庚申塚
巣鴨新田
板橋駅前
板橋区役所前
板橋五
板橋六
東上線
下板橋
山手
六区映画街
観音
千束町
竜泉寺町
三ノ輪車庫
金杉一
金杉二
金杉中町
言問橋
高橋
森下町

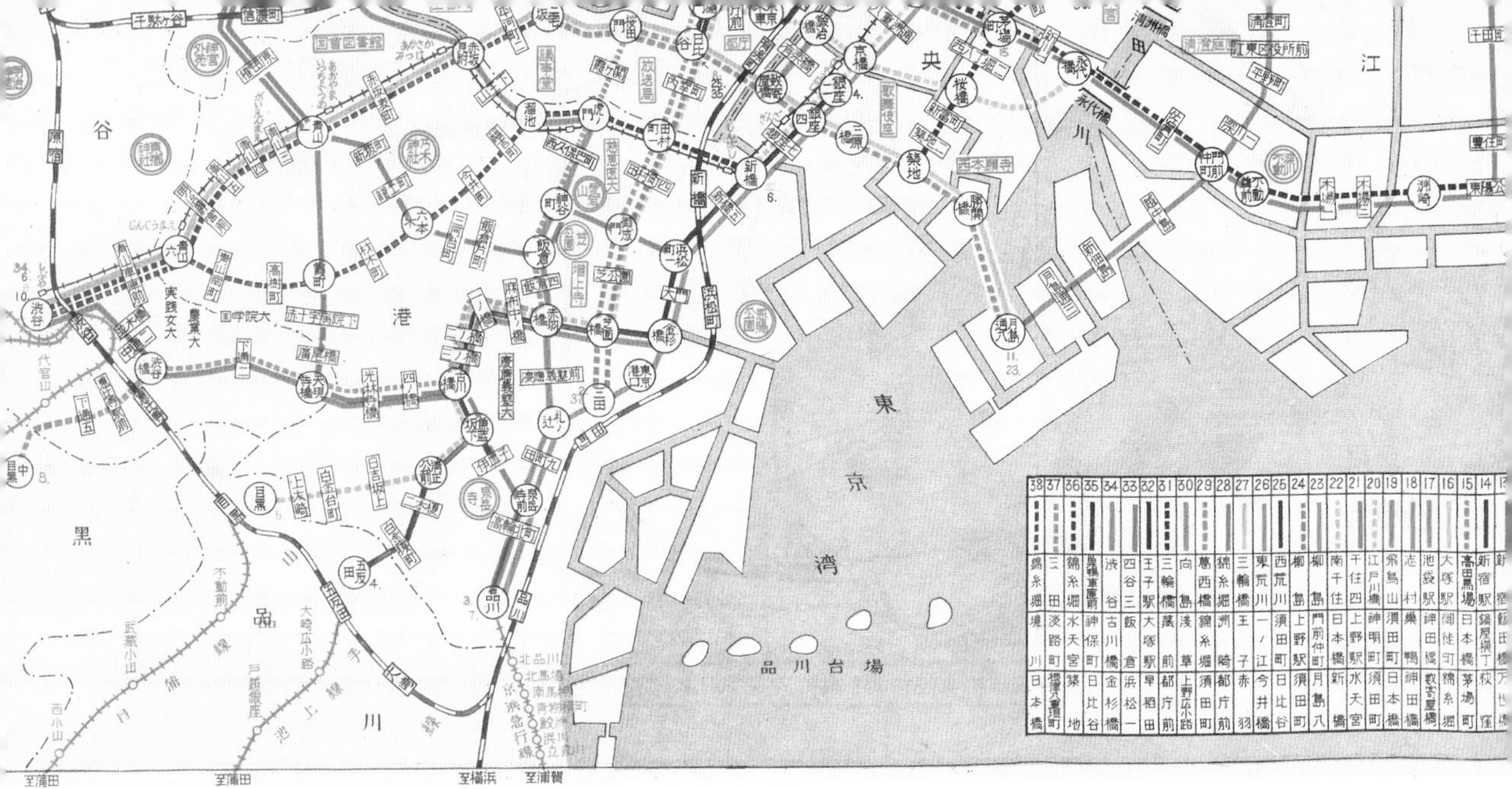

「東京都電案内図」（『早わかり東京交通図』日本交通公社、1953年4版、部分）

ちくま新書

「東京文学散歩」を歩く

藤井淑禎
Fujii Hidetada

1738

「東京文学散歩」を歩く【目次】

はじめに

†文学散歩ブーム

単なる東京文学散歩の本であれば、「散歩」か「歩く」のどちらか一つでいいはずだが、まるで屋上屋を架すかのように「散歩」を「歩く」となっているのは、「文学散歩」という語の発案者である野田宇太郎《のだうたろう》（一九〇九〜八四）の「東京文学散歩」を携え、それに導かれて、この私と読者の皆さんとがいまの東京を歩いてみる、というのが本書の趣旨だからである。

もっとも、野田宇太郎とか、「東京文学散歩」などと言われても、今の読者の方々にはピンとこないかもしれない。しかし、ある時期までは今とは比較にならないほど、この二つは世の中に広く知れ渡っていたのである。

戦争による東京の荒廃を目のあたりにして、そこで生きた作家の暮らしの跡や文学作品の舞台となった場所が大きな被害を受けたことに危機感を抱いた野田宇太郎が、それらの場所を訪ね歩いて往時を本の中に「復元」し、いわば「足で書く近代文学史」を試みたのが「東京文学散歩」なのである。

しかも、それは一九五〇年代から六〇年代にかけて大変なブームを巻き起こした。五一年の『日本読書新聞』への連載をまとめた『新東京文学散歩』が文庫化されて（角川文庫、五二年）ロングセラーとなり、その勢いで続編が次々に出て、それは七一年の『改稿東京文学散歩』（山と溪谷社）まで続いた。その動きは東京だけにとどまらず、全国各地での「文学散歩」へと拡大した。メディアへの進出もめざましかった。最初はラジオ放送から始まり（五一～五二年）、六〇年代に入ると、一五分のテレビ番組として複数のテレビ局で連続ものとして放映された。さらには、レコード（フォノブック）になったり、教育番組としてフィルム化されて販売されたりもした。

貸切バスを仕立てての文学遺跡めぐりも企画された（五三年～）。全国各地に文学散歩友の会が結成され、それぞれがバスやら徒歩やらで、文学散歩に繰り出したのである。そうした文学散歩ファンを全国規模でつなげたのが、野田が主宰した雑誌『文学散歩』（六一～六六年）だった。

そうしたブームを象徴するのが、その頃毎年のように刊行された『東京文学散歩の手帖』(これも著者は野田宇太郎)だ。新書サイズの百数十ページの小冊子で、中にはメモを書くための余白があり、読者はそれを携行して文学散歩に出かけたようなのである。あわよくば本書も(余白はないけれども)、読むだけでなく、そうした利用のされ方もしてもらえないかと期待しているのである。

野田宇太郎(1909-1984、野田宇太郎文学資料館提供、撮影者:五十嵐千彦)

ここまで、「東京文学散歩」と『新東京文学散歩』とが混用されていることに気づかれた読者もおられるかもしれないが、『新東京文学散歩』というのは最初の単行本名で、そのあと何度も加筆されたり新たに書かれたり、時には重複をも辞さずに、いろんなタイトルやシリーズ名で刊行され、最終的には七一年の『改稿東京文学散歩』へとたどり着いた全体を、ここでは「東京文学散歩」と呼んでいるのである。

†文学散歩とは何か

ところで、『新東京文学散歩』から『改稿東京文学散歩』へと至るこの約二〇年のあいだ、野田が一貫して気にしていたのは、自分の文学散歩は単なる物見遊山の町歩きの記録などではないのだ、ということであった。ということは、逆からみれば、そんなふうにみられることが多かったということでもある。要するに、文学散歩とは何なのか、何をするものなのか、という点をめぐって一定の共通認識が二〇年かけてもなかなかできあがらなかったようなのである。

もちろん、野田も手をこまねいていたわけではない。文学散歩とは何なのか、何をするものなのかについて、著書の序文やら後書やらで何度も繰り返し説明はしている。ただ、それが、「ぶらぶら歩き」といったような冷評に反発するあまり、ことさらにむずかしく説明したり、無理やり学術的を装ったり、あるいは詩的＝抽象的に陥ったりして、十分な説得力をもちえなかったことも確かである。

「東京文学地理案内書」、「足で書く近代文学史」、「足といえば実証です。実証は科学です」、「文学地理の研究」、これらはいずれも野田の苦し紛れの定義だが、どれもことさらにむずかしく言おうとしたり、抽象的だったりして、読者のなかにはっきりとしたイメージは結びそうもない。野田が主宰する『文学散歩』（二号、六一年二月）に寄稿したアメリカ文学研究者の龍口直太郎《たつのくちなおたろう》でさえ、日本で文学散歩というと、「文豪の遺蹟をたずねて、のんびり、ぶらぶらそぞろ歩く、といった感じであるが」、などと述べているくらいなのだから。

もっとも、そんなことを言い出せば、決定版ともいうべき『新東京文学散歩 増補訂正版』（五二年）に「敍」を寄せた詩人の日夏耿之介《ひなつこうのすけ》でさえ、野田の苦心の労作を「探墓や遺址《いし》の訪古」などと公言する有様であり、要するに身内からも野田の真意はあまり理解されなかったようなのである。というか、野田自身も、熱意や共感だけはあり余るほどにあったろうが、では戦災で荒廃した町や、作家の旧居、作品の舞台などをたずね歩くことにどんな意味があるのかということになると、時には迷うこともあったのではないだろうか。特に、各地にできた文学散歩友の会が貸切バスを仕立てて、などというような現象を前にすると。……

†文学散歩に書かれていたこと

そうした腰の定まらなさが結局、冷評とそれに対する反発との堂々巡りを生むことになったのかもしれない。したがってここでは不毛な定義問題にはこれ以上深入りしないことにするが、定義ではなく、二〇年がかりの「東京文学散歩」のなかで何がなされていたか、ということであれば、冷静かつ客観的にそれを述べることはそんなにむずかしくはないような気がする。そしてそれは考えようによっては、文学散歩とは何なのか、何をするものなのかに対する解答と言えなくもないように思う。

何がなされていたかを列挙するだけなので、淡々と書き出してみると、当然ながらまず①町歩きの記述があり、②地理説明、③地誌（＝その土地の自然・社会・文化の特色を地理的観点から考察）がそれに続く。ついで④その土地とからめての作家の紹介、⑤その土地とからめての作品の紹介、⑥それらを受けての文学史的説明、⑦関係者へのインタビュー、⑧その土地の歴史紹介、⑨掃苔《そうたい》（墓参り）などとなる。これだけだと何か忘れたような気もするが、といっていま具体的に何か思い浮かぶものがあるわけでもない。おそらく実際の野田の文章ではこれ以外の、以上の、何かが表現されていたために「何か忘れたような気」にさせられるのだろうが、それはひとくちではなかなか言えそうにない。

いずれにしても、「東京文学散歩」が主としてこの九つの要素から成ることは確かだし、「これ以外の、以上の、何か」についてはおいおい考えていくとして、この九要素だけでも、十分に充実した読みものとなるであろうことはまちがいない。特に注目したいのは、その九要素の組み合わせ方である。

たとえば、町歩きで始まったと思ったら、いつのまにか掃苔となり、時には関係者へのインタビューを試みる。そしてそこから土地とからめて作家、作品、文学史へと入りこんでいき、さらにはそこに歴史紹介で追い討ちをかける。最後は地誌を経てふたたび町歩きに戻ってくる、とでもいったような。要するに、叙述がいつのまにか四方八方に拡がり、融通無碍にいろんなところへ入りこんでいく、その組み合わせの妙が野田の文学散歩の真骨頂なのである。

野田宇太郎『新東京文学散歩 増補改訂版』(角川文庫、1952年)

†決定版から決定版以降へ

以上は、文学散歩とは何かに対するとりあえずの解答だが、本書の序としては、もうひとつ、「散歩」を「歩く」コースについても説明しておかなくてはならない。当初、『日本読書新聞』に連載され、大量に増補されて単行本『新東京文学散歩』(五一年)となり、さらに増補訂正されて決定版ともいうべき『新東京文学散

歩 増補訂正版』（五二年）となった『新東京文学散歩』は、七つの散歩コースから成っていた。

これは最初の『日本読書新聞』の連載に一回分を追加したものだが、煩をいとわずにあげてみると、「その一　上野・本郷・小石川・お茶の水」、「その二　日本橋・両国・浅草・深川・築地」、「その三　中洲《なかす》・佃島《つくだじま》・銀座・日比谷」（これが追加された章）、「その四　飯田町《いいだまち》・牛込・雑司《ぞうし》ヶ谷《がや》・早稲田・余丁町《よちょうまち》・大久保」、「その五　高輪《たかなわ》・三田・麻布・麹町《こうじまち》」、「その六　田端《たばた》・根岸・龍泉寺《りゅうせんじ》・向島《むこうじま》・亀戸《かめいど》」、「その七　武蔵野」の七コースである。

これだけで終わっていれば、少なくとも「スッキリ」はしていただろうが、実際はそんなわけにはいかなかった。当然、決定版では触れられなかった地域もあれば、触れた地域でも書き足らなかったり、あるいはその後の変化で記述が実態とかけ離れてしまったり、というようなことが少なからず出てきたからだ。そうしたことへの野田らしい生真面目な対応が、前述の『改稿東京文学散歩』までの二〇年がかりの作業となったのである。

その作業中の主なものを挙げてみると次のようになる。決定版の補遺編ともいうべき『新東京文学散歩 続篇』（五三年）。隅田川沿いと下町地区への新規挑戦と再挑戦を試みた東京文学散歩第一巻『隅田川』（五八年）、同第二巻『下町（上）』（築地・銀座・日本橋界隈、五八年）、同第三巻『下町（中）』（神田・下谷上野・谷中・根岸、五九年）。その後、別の版元から上記三冊を定本文学散歩全集第一、二、三巻とシリーズ名を改めて再刊し（六〇～六二年）、それに本郷・小石川地区への再挑戦を試みた同第四巻『東京文学散歩 山の手 上』（六五年）を加えたシリーズ。そしてこうした対応の最後に位置するのが、赤坂、青山、新宿、渋谷、池袋、巣鴨、丸の内などへの新規挑戦を多く収めた前述の『改稿東京文学散歩』（七一年）だったのである。

†本書の独自コース

つまり、決定版の七コースだけで終わっていれば、単にその「散歩」のあとを「歩く」、で済んだかもしれないが、見てきたように二〇年かけて多様な新規挑戦と再挑戦が加わり、もともとの七コースがさまざまに肥大し、枝分かれし、入り乱れ、収拾がつかなくなるほどになってしまった以上、「散歩」のあとをたどろうとすればなにかしら手を加える必要がある。そこから、野田の大量の散歩コースを整理・再編成し、本書なりの独自な散歩コースを考案してそこを歩く、という本書のスタイルが導き出されたのである。

したがって主には決定版の七コースに基づきつつも、本書ではそこにさまざまな変更を加え、独自な散歩コースを提案しているが、その要素のひとつひとつは、あくまでも二〇年のあいだに試みられた野田自身の散歩の記録なのである。本書のタイトルが、『新東京文学散歩』を歩く、ではなく、二〇年がかりの東京文学散歩の全体を指す「東京文学散歩」を歩く、となっているのもそうした理由によるものなのである。

独自コースの設定に当たっては、決定版の七コースを基としつつも、いくつかの理由にもとづいてそこに改変を加えた。ひとつめは、より自然なグループ分けである。たとえば決定版では浅草と吉原・向島とが別コースとなっているが、それを一つのグループに改めた。番町を、高輪ではなく、九段や神楽坂と一緒にしたのも同一の理由による。ふたつめは、早朝から深夜にまで及ぶような（！）長距離の散歩は、現代の読者の時間事情や脚力にあわせて切り離したり、短縮したりした。

独自なコース設定のほかに、もう一つ本書が心がけたのは、同一地域の二〇年間にわたる散歩の記録を一つにまとめることであった。決定版以降、二〇年間にわたって書き改めたり書き加えたりしたことをいろんな場所に発表したために、専門家でもない限り、それらをまとめて読むことが困難になっていた。まとめて読めば、土地の変化はもちろん、時代の変化、野田の考え方の変化等もわかるはずだが、それらがいろんな時期にさまざまな発表媒体に発表されたために、わかりにくくなってしまったのである。そこで本書では、まず決定版についてまとめ、次いで「決定版以降では」と断ったうえでそれらをまとめることにした。

そのうえで、本書がもう一つ心がけたことは、それぞれの場所の現況を書き添えることである。とても野田の慧眼《けいがん》と筆力にはかなわないが、七一年以降の変化も書き添えて、合計で七〇年間分（正確には、野田の射程は執筆時の一九五一年よりはるか以前にまで届いているが）の時代と土地の変化を読者の皆さんと共有しようとしたというわけである。

第一章

浅草から向島へ

†今回のコース

今回のコースは柳橋《やなぎばし》・新片町《しんかたまち》から浅草、今戸《いまど》・待乳山《まつちやま》、吉原《よしわら》・龍泉寺、そして白鬚橋《しらひげばし》を渡って向島へと至るコースだ。

これも本書が再編成した独自コースで、野田の散歩コースと突き合わせると、決定版『新東京文学散歩 増補訂正版』(一九五二年)中の「その二 日本橋・両国・浅草・深川・築地」中の柳橋・新片町から浅草・今戸までと、「その六 田端・根岸・龍泉寺・向島・亀戸」中の吉原・龍泉寺から向島までが基になっている。

それを、決定版以降に書かれた『新東京文学散歩 続篇』(五三年)中の「寺島蝸牛庵《てらじまかぎゅうあん》」「吉原・今戸」、東京文学散歩第一巻『隅田川』(五八年)中の「向島寺島蝸牛庵」「橋場と今戸」「浅草河岸」「大川端」、さらには定本文学散歩全集第三巻『東京文学散歩 下町 下』

（六二年）で新たに追加された「浅草界隈」、などと対照させてみることとする。

「はじめに」で、決定版の七コースがその後の書き直し書き加えで収拾がつかないほどになってしまったと述べたが、この浅草コースの場合をみてもそれがおわかりいただけると思う。そこでそれらを抜本的に整理し、独自コースを工夫してみたわけだが、もっとも、読者の皆さんはいちいち、この部分は何に基づいていて、などということを気にされる必要はない。この独自コースをたどっていけば必要に応じて基となった決定版以下の該当個所が紹介される仕組みになっているので、きままに、それこそ「のんびり、ぶらぶらそぞろ歩く」（「はじめに」参照）つもりで読むなり、歩くなりしてくだされればよいのである。

前置きが長くなったが、今回のコースの出発点は、ＪＲ浅草橋で下車して東に七〇〇メートルほど行ったところにある柳橋だ。基となった決定版の「その二」コースでは、野田は一九五一年一月初めのある日、現在のＪＲ東京駅八重洲口から出発して日本橋方面と両国橋を経由してここに辿りついているが、本書では、ここで野田に合流してここから今回の町歩きを始めることとする。カットされた日本橋・両国方面を気にされる方もいるかもしれないが、それらは第四章・第五章で別のコースを用意して紹介する。

「矢ノ倉から再び両国橋の袂を横切ると、すぐに柳橋の小さな鉄の橋である」とその部分は書き出されている。震災復興によって一九二九年に再建された鉄の橋は現在も健在で、野田は「小さな」などと言っているが、どうしてどうして深緑色も鮮やかな堂々たる橋である（神田川に架けられた橋なのでさほど大きくはないが）。両脇の歩道が広々としているのもその堂々たる印象に寄与しているのかもしれない。

野田がここを通ったのは、その先の旧・新片町にある島崎藤村の旧居跡を訪ねるためであった。「柳橋を渡るとすぐに、一帯の花柳地帯がひらける」。戦災で全滅してもこの種の町の復興は驚くほどに早いというのが野田の持論で、「若い柳の並木もあちこちに植えつけられてなまめかしく高価な待合の純粋な日本風の建物が、そしらぬ顔で復興している」。

橋を渡った右角に「柳光亭《りゅうこうてい》」なる料亭があり（その後もこの場所には代々同じような料亭が店を構えた）、「これはよく文学者の会合があった所」だとの紹介に続けて、いくつかの会合の様子が再現される。その一つには藤村も出席しており、「地元の世話役」をかってでたのではないかと想像している。そしていよいよ旧居跡探しが始まるが、何とこの新片町は全部で四番地しかない小区画で、旧居はその一番地ということで、実は探すまでもなかったのである。

にもかかわらず、『日本読書新聞』に載った最初の文章では新片町という町名がすでになくなっていたために迷ってその先の蔵前まで行ってしまってから戻ってきたことになっている。これが決定版では、柳橋を渡ってすぐに、煙草屋の店先にいた年増の芸者（細面の美しい人！）に新片町の場所を尋ねたことになっているのである。

「新片町？　さあ、妾《わたし》など子供の時からこの町にいるのですけど、あんまりひどく変っちまって……もすこし向うではなかったでしょうかしら……」

これに対する野田の反応がなかなか興味深い。実は私はこの芸者さんとのやりとりはフィクションではないかと思っているのだが、ともあれ、野田はこのように続けている。
――「と、澄んだ温かい声で教えてくれる。やっぱり芸者は江戸ッ子で情に厚くて親切……と、つい思わせられるような、感じの好さである。道一つ教えるにも、突慳貪《つっけんどん》なのが今の東京人なのだから」。先走って言ってしまうと、この「突慳貪」は野田の愛用語で、当世批判、現代人批判の際に盛んに用いられる。その点からいっても、ここでも「今」批判、「東京人」批判を引き出すためのフィクションとしての芸者さん、の可能性が濃厚というわけだ。

これに続くのは「足で書く近代文学史」の面目躍如たる部分で、藤村の姪による記憶図に基づいての旧居考証に続いては、石川啄木の藤村宅訪問、洋画家志望時代の木村荘八《しょうはち》が兄の荘太《そうた》に連れられて自らの画を見てもらいに行ったものの腐されたエピソード、そしてその荘八や訪問記者の見た家の内部やその暮らしぶり、などが紹介されている。

それらに混じって、親しくなった近所の置屋の女主人とその娘の芸者のために、藤村が自ら作った朝顔の鉢を部屋の出窓のところに黙って置いていったという華やいだ逸話も織り込まれている。これなどはいわば前述の年増芸者系のエピソードであり、この種の華やぎがあいまあいまに挿入されることで単調になりがちな散歩記に彩りを与えているのである。

さて、いま、この場所がどうなっているかというと、柳橋一丁目一〇番地あたりのそこには野田も指摘しているように、新たにできた狭い道路が通っており、標識もなく、特に旧居跡らしき扱いを受けているわけではない。樋口一葉や石川啄木などの場合だと、顕彰されないと大変立腹する野田だけれども、この場合には特にそうした反応が見られないのはなぜだかわからない。藤村も一葉や啄木と同じくらい野田が敬愛する作家であったことはまちがいないのだが（五四年刊の『アルバム東京文学散歩』でようやく遅ればせながらに苦言を呈している）。

†七年後の柳橋

ところで野田は、この柳橋・新片町を、東京文学散歩第一巻『隅田川』を書く時にも訪れている。五八年三月、前回の訪問から七年後のことだ。これは決定版以降の前記の二つのシリーズなどに共通して言えることだが（もっとも定本文学散歩全集のほうは前述のように純然たる新作は第四巻のみ）、先の九要素のうちでは、土地とからめての作家の紹介、土地とからめての作品の紹介、その土地の歴史紹介、そして地誌、の割合が格段に増えている。さらには新片町の場合のように、決定版の焼き直しともいうべき部分が見られることも少なくない（朝顔の鉢のエピソードや木村荘八の逸話など）。もっとも、そうはいってもなにしろ七年後である。町歩きの部分には、当然、時代や町の変化に応じた新たな記述が散見される。柳橋・新片町の場合、その代表的なものは環境汚染に関する記述である。

私はこうして柳橋の上に佇むのが好きであるが、それは水の姿が心を誘うからというばかりでなく、この川口は色々な種類の鷗が隅田川の流域でもっとも多く群り遊ぶ場所だからである。だが、最近はもう鷗の姿も殆ど見られなくなった。神田川がひどく汚れてしまい、悪臭に充ちた真黒い水の流れとなって、一匹の小魚さえ住まなくなったせいだと思われる。

隅田川の汚染がピークを迎えるのが六〇年前後のまさにこの頃であった。「水はあくまでも黒く濁って船のまわりでメタンガスがぶくぶくと湧き、腐ったような匂いがただよっているなか」を行き来する荷船をあやつる人々。そうしたなかでも生きねばならぬ人々への野田の思いは、置屋を営む母と娘に朝顔の鉢を届けた藤村の思いともどこかでつながっていたかもしれない。

そういえば、ここには、七年前の自分を「狭量」として反省する部分も見られる。――「このあたりは戦災の被害も酷かったが、また復興もどこより早かった。だが、享楽の街だけに、その復興の早さにもあまり快い感じはしなかった狭量の自分を、昨日のことのように思い出す」。戦後は贅沢一色となってしまった料亭も、戦前は文学の会合がしばしば持たれたことからもわかるように、質素な文学者たちも出入りできるような「庶民的に親しめる本当の下町気分」を持っており、そうしたことへの想像力が欠けていた、と反省しているのである。

柳橋・新片町はこのくらいにして、先に進むとしよう。決定版では、このあと野田は浅草橋に戻って、なんとバスで、雷門に向かっている。野田の散歩は基本的には歩きが中心なので、このように堂々とバスと書いてある例は少ない。むしろ、バスか都電に乗ったのではないかと疑われるような場合でも伏せてあるほうが多いくらいだ（『日本読書新聞』の連載では「大川端に沿って浅草に出た」とまるで歩いたかのように書いている）。

†浅草の荒廃

ともあれ、柳橋から雷門までは二キロメートル足らずの距離なので、ここはやはりわれわれとしては歩くことにしたい。野田の場合、この日は結局、勝鬨橋《かちどきばし》から銀座にまでまわったので、遅くなるのを見越してのバス利用であったのかもしれない（それでもやっぱり最後は夜になってしまったが）。さて浅草で野田が痛切に実感したのは、その荒廃ぶりであった。

――「雷門から浅草寺を中心とする所謂浅草一帯は江戸以来の下町の歓楽境であっただけに、こう無残に焼けてみれば荒涼の気も亦ひとしおである」、「仲見世の入口の、所謂雷門のあとに立って観音様を眺めると、あの大提灯のぶら下っていた仁王門の天を摩する江戸名物の高楼が嘘のように無くなって、そぞろに空虚悲愁の感を覚えさせる」。

「お粗末ながら観音堂も仮普請」こそできたものの、「昔にくらべると一握り程になってしまっ」い、それ以外は、雷門は跡形もなく、仁王門の高楼も嘘のようになくなってしまったなどと言われても、いまの読者には想像もつかないと思うので、調べたところをまとめて報告すると、まず雷門は江戸末期に焼失し、一九六〇年に再建されるまでは信じがたいことだがあそこには何もなかった。他方、関東大震災の折も焼失を免れた仁王門と観音堂だが、いずれも一九四五年の戦災で焼失。観音堂が仮普請時代を経て再建されたのが五八年。仁王門のほうは雷門より遅れて再建は六四年だった（再建後は宝蔵門と呼ばれた）。したがって決定版のための町歩きが試みられた五一年には、仮普請の観音堂以外は雷門も仁王門もなく、このあと野田がくぐることになる東側の二天門《にてんもん》だけが辛うじて残っていた、という信じられない有様だったのである。野田が「荒涼」を連発したのも無理からぬことだったのだ。

浅草の「足で書く近代文学史」としては、明治末に「パンの会」（耽美派の芸術家たちの集まり。名称はギリシア神話に出てくる芸術の神・牧羊神に由来する。第四章も参照のこと）の大会が開かれた雷門近くのレストラン「よか楼」、啄木や山田美妙ゆかりの十二階こと凌雲閣《りょううんかく》（関東大震災によって損傷し、その後撤去された）、久保田万太郎・川端康成・武田麟太郎らの浅草小説、などに言及するも、いずれも紹介レベルにとどまる。決定版では重点はあくまでも原点としての町歩きに置かれており、その点が前記の二つのシリーズをはじめとするそれ以降の文学散歩とは大きく異なっているのである。

次に野田が向かったのは、「唯一焼け残った国宝の、馬道口の二天門」だった。ただ、ここにも荒廃の影は容赦なく襲いかかっていた。「付近は荒れるにまかせた浮浪者のムシロ小屋の群」であり、あまつさえその門の内部では裸同然でムシロをかぶった中年女がなぜかすすり泣いていた。それを見て芥川龍之介の『羅生門』のような鬼気を覚えた野田は、これが浅草か、とのつぶやきを残して浅草寺をあとにする。

†決定版以降の浅草探訪

このあとは、決定版では馬道《うまみち》から待乳山・今戸方面へ向かうので、その前に決定版以降の野田の浅草探訪をひととおり見ておくことにしよう。五八年の東京文学散歩第一巻『隅田川』は、隅田川沿いを上流から下流まで歩くのが趣旨なので、浅草自体への言及はほとんどない。わずかに、川べりの道路から「観音堂の方を眺めると、観音堂の屋根がいきなり大きく迫り」というあたりに再建されたばかりの観音堂（浅草寺本堂）の威容が感じられるに過ぎない。それでも「浅草の賑わいは何といっても観音堂が中心である」としてその由来を述べているが、今回の町歩きは「浅草河岸の道」が中心なので浅草は「他日ゆっくり巡ぐること」にしよう、と話題を言問橋《ことといばし》や吾妻橋《あづまばし》へと移している。

結局、この時点までは、浅草は通りはしたものの本格的な考察はまだだったわけだが、満を持したかのように野田がその浅草と取り組んだのが、定本文学散歩全集第三巻『東京文学散歩　下町　下』（六二年）に新たに収められた一四〇ページにも及ぶ長大な考察「浅草界隈」だったのである（歩いたのは六一年）。前述のように定本文学散歩全集の下町編は五八、九年の東京文学散歩版の再刊だが、「浅草界隈」に限っては新稿であり、これにかけた野田の意気込みのほどがうかがえる。

ただし、長大なものになればなるほど、前記の九つの要素でいうと、近代以前であれば⑧土地の歴史紹介と③地誌、そして近代に関わるものであれば④土地とからめての作家の紹介、⑤土地とからめての作品の紹介、⑥文学史的説明、さらにはどちらにも関わる⑨掃苔、が中心となってくる。ここではそれらすべてを紹介するわけにはいかないが、便宜的にまずは節のタイトルを列挙しておこう。

「浅草雑記」、「水になった北斎」、「広重の墓」、「小林清親《きよちか》の墓」、「川柳寺」、「啄木の歌碑」、「雑沓《ざっとう》の文学」、「雷門前」、「浅草寺」、「六区モンマルトル」、「まぼろしの十二階」の一一の節が浅草に関わるものであり、終わりのほうには吉原・龍泉寺に関わるものもあるがそれはのちに触れることにする。

「浅草雑記」は先の要素分類でいえば土地の歴史紹介が中心である。江戸以前にもさかのぼって浅草のあゆみを紹介しながら、浅草の個性の強さ（独自性）、「庶民的な個性」を指摘している。「北斎」「広重」「清親」「川柳」の節はタイトル通り掃苔もの。いずれも浅草にある彼らの墓に参りながら、その業績を紹介している。ただし野田が何よりも気にしていたのは、彼らの墓の処遇（北斎・広重＝すでに移転、清親＝移転を心配、柄井川柳＝墓石の劣化）のほうだった。「浅草の巷間の寺院の墓地に眠るすぐれた浮世絵師の墓に詣でたいということは、早くからの私の念願でもあった」のだから当然だろう。「日本の近代文化史の上で最も尊敬に値する人々の墓として、一度は詣でて置きたいと考えていたからである」。

「啄木の歌碑」は、松清町《まつきよちよう》の等光寺に預けてあった啄木らの遺骨が大正期にすでに未亡人に返却されていたにもかかわらず、無縁仏となっていたと誤解され、無縁仏から独立させ歌碑を建立することになったという五四年の報道記事の誤りを指摘した内容。

「雑沓の文学」は、文学史的説明と近代の歴史紹介が中心。浅草小説には懐古的なものと、そこに西洋的なものが入り混じった二つのタイプがあると論じたり、浅草公園六区・オペラ・レビューなどの歴史を紹介したりしている。「雷門前」は土地とからめての作家・作品の紹介が中心。なかでは前述のレストラン「よか楼」とそこをうたった高村光太郎の詩の紹介にスペースを割いている。

「浅草寺」は地理説明・地誌・歴史紹介・土地とからめての作品の紹介が中心。この時点

(六一年)では観音堂は再建されたものの「鉄筋造り」の「醜い不死鳥」で、仁王門のほうは復活のメドすら立っていなかったらしい。――「仁王門はもう再び見ることが出来ないと思うと、俗に云う歯の抜けたようなさみしさが、わたくしの心に漂いはじめる」。戦災に触れた部分では、決定版にも出てきた二天門の狂女(今度は中年女ではなく若い女となっている)も再登場している。これなども考えようによっては単調対策の彩りのたぐいか。「六区モンマルトル」「まぼろしの十二階」も、地理説明・地誌・歴史紹介・土地とからめての作家作品の紹介が中心。「十二階下千束町《せんぞくまち》の魔窟の中にひそむ文学者(山田美妙、啄木、光太郎ら)の思い出の影」がたどられる。

†待乳山・今戸方面へ

決定版以降の浅草探訪を駆け足でみたあとは、もう一度決定版にもどって、待乳山・今戸方面に向かおう。二天門の狂女を見た野田は「これが浅草と云うところかな」とつぶやきながら「馬道の方へ一直線の道を歩く」。「馬道から大川端の、今は悪臭に充ちた塵芥捨場のようになっている隅田公園に沿って、江戸の名所待乳山聖天《しょうてん》に向う」。二天門から馬道通りまでは二〇〇メートル余り、そこから待乳山聖天までは四〇〇メートル余りの距離である。

公園の悪臭の影響もあってか、鉄筋造りとなった待乳山聖天への野田の感想は辛辣だ。「みるも無残な変り様」、「骨組の形は醜怪《しゆうかい》」といった調子である。それでも「丘の上いっぱいに出来」た堂宇のまわりを「ひとめぐり」した野田は、「その裏手に当る大川端の今戸橋に立った」。ここは広津柳浪《ひろつりゆうろう》『今戸心中』の花魁吉里《おいらんよしざと》と善さんの心中シーンの舞台だ。「あたりはすっかり焼けて変ったが今戸橋から入る山谷堀《さんやぼり》の水だけは、ぽっちりと昔の面影をみせている。昔はここから舟に乗って日本堤《にほんづつみ》に上り、吉原の廓にしのんだという、いわれ深い堀川である」。

かつては吉原（日本堤）にまで続いていた堀川も吉原方面から徐々に埋め立てられ、野田が見届けた、最後まで残されていた三、四〇〇メートルほどの部分も現在では山谷堀公園と名付けられた緑地に変わっている。隅田川に面した部分は山谷堀広場という緑地になっているが、かつての堀の入口あたりは今でもそれらしき跡がなんとなくわかる。

さて決定版では「今戸橋の上から大川を眺め、対岸の隅田公園（両岸にあった――藤井注）の焼け残った緑を眺め」た野田は、「その向うが向島だ」との感慨をいだきながらも、足先は逆に、花川戸《はなかわど》の通りを取って返し、吾妻橋から水上バス（昔の一銭蒸汽）に乗って両国に向かっている。

ここで見逃せないのは、『日本読書新聞』の連載では、「その向うが向島だ」の次に、

「そこには明治三十年から大正十二年にかけて文豪露伴が住んだ跡がある筈である。今はどのようになっているのだろうか」との一文があり、「私は次の機会を待つことにして」と釈明したうえで花川戸のほうに取って返していることである。

ここからわかることは、言ってみれば浅草と向島との強固な連続性である。われわれが実際の野田の散歩コースに変更を加えてまでも浅草から向島までのコースを設定した理由だが、実は野田自身も「次の機会」の早期実現に並々ならぬ意欲をもっていたとみえて、このわずか二カ月後には向島探訪を実現させている。三月一六日に現在のJR駒込駅から出発して田端・根岸・龍泉寺・向島・亀戸をまわった決定版の「その六」コースである。

すでに述べたように、本章のコースは「その二」コース中の柳橋・新片町から浅草・今戸までと、「その六」コース中の吉原・龍泉寺から向島までとをつなげたものであり、浅草・今戸のあとは「その六」コースに乗り入れて吉原・龍泉寺へと向かうことになるが、今戸・待乳山をあとにする前に、それらが決定版以降ではどのように記述されていたかを見ておくことにしよう。

†決定版以降の待乳山・今戸

今戸・待乳山は五三年の『新東京文学散歩 続篇』中の「吉原・今戸」の節でも触れら

れている。柳浪の『今戸心中』を紹介しながら吉原から今戸・待乳山へのみちを辿っているのだ。ただし、そこに広がる光景は決定版の時と同様、かつてとはほど遠い無残な変りようだった。山谷堀周辺は「戦争の疵あとはあきらか」であり、登ってみる気にもなれない待乳山聖天のコンクリート造りの堂宇、隅田川の「荒放題の堤防に積まれたがらくたや悪臭ただようバタ屋の小屋」(傍点原文)、「賃貸しのモーター・ボート」が立てる騒音と、どれも『今戸心中』とはかけ離れた世界だった。

そんななか、野田は「いつか向島から待乳山と山谷堀の入口をながめ、この今戸を遠目に眺めて、往昔《おうじゃく》をしのんでみたあの時の方が、かえって「今戸心中」の哀れさが沁々と身にせまり、柳浪の文学が味解せられたことを思い出」す。これに続けて野田は、「文学と現実とは、そう云う関係のものである」と述べているが、変りゆく現実と想像力の世界で変わることなく生き続ける文学との関係が、現実の壊滅的な荒廃によってあぶりだされたかっこうになっているのである。

隅田川沿いを歩いた五八年の東京文学散歩第一巻『隅田川』にも今戸と待乳山は登場する。要素的には、町歩き、土地とからめての作品の紹介(『今戸心中』、永井荷風『すみだ川』)が中心だが、決定版と『新東京文学散歩 続篇』ではあっさりと記述されていたに過ぎない今戸橋周辺と待乳山周辺の町歩きを丁寧に描いているところに特色がある。そしてそれを読むと、この地域の荒廃ぶりが七年たってもほとんど変わっていなかったことを思い知らされる。「真黒などぶどろの川底をあらわして悪臭を放つ山谷堀の川口が、隅田川に向って開いていて、鉄筋ながらいたみはてた橋が浅草側と今戸とをつないでいる」という今戸橋にしても、例の醜悪なコンクリート製の待乳山聖天宮にしても、隅田公園の「不潔で無秩序なバタ屋部落に荒らされた乱雑さ」にしても、いずれも戦後復興の地域的偏りを感じさせる事例だ。

†龍泉寺・吉原へ

さて今戸・待乳山はこれくらいにして、その先を急ごう。ここからは「その二」コースから「その六」コースの「龍泉寺界隈」「向島にて」に接続する。「その六」コースでは上根岸の正岡子規の庵から中根岸、下根岸、金杉《かなすぎ》と歩いて龍泉寺町《まち》に出ているが、われわれのコースで今戸橋から龍泉寺・吉原方面に行くには、単純に山谷堀跡を辿って吉原の入口・見返り柳の地点に出ればよい。「その六」コースが上根岸から龍泉寺まで一キロメートル以上あったのに対して、こちらは九〇〇メートルほどの距離だ。

ただし、一葉旧居跡のある龍泉寺町までは見返り柳から吉原を抜けて五〇〇メートルほどあり、「その六」コースの野田が龍泉寺町から吉原へと歩いているので、われわれもいったん龍泉寺町まで行って野田と合流してからそのあとをついていくことにしよう。

上根岸の子規庵からほぼ真東に龍泉寺町をめざして歩いてくると、自然に一葉旧居跡がある茶屋町通りに入ってくる。そこをさらに進めば吉原の横っ腹に突き当たるというわけである。野田は当時の一葉全集の年譜の龍泉寺町三五八番地という誤りを正して正確には三六八番地が旧居跡であるとして、それが現在自然石でできた一葉碑が置かれている三四〇番地の藤田医院の場所でいいかどうかは「真疑《ママ》の程は不明である」としている。

しかし、のちに詳しく紹介する定本文学散歩全集第三巻『東京文学散歩 下町 下』中の前出「浅草界隈」中の「「たけくらべ」の街」によれば、この日、野田はその藤田医師にインタビューして、碑の由来や今の三四〇番地が以前の三六八番地であることを聞かされており、しかも藤田医師は福岡県小郡《おごおり》市出身の野田の隣村の出身であり、それもあって親近感を覚えたというから、この真偽不明という結論には疑問が残る。

私が見たいくつかの地図でも三六八番地がのちに三四〇番地となり、現在は竜泉三丁目一五番の一部となったことはまちがいないが、しいて真偽不明とした理由を求めるとすれば、みずからが資料的裏付けを持っていなかったからか、あるいはさらに勘ぐれば、そこに置かれた自然石の一葉碑の文面への不満がひょっとして遠因となっていたのかもしれない。

この一葉碑は「『たけくらべ』の街」によると、菊池寛が碑文を書いて同じ場所に一九三六年に建てられたもので、それが空襲で破壊されたので藤田医師が復元させたのだという。で、その問題の碑文だが、そこには「一葉この地に住みて『たけくらべ』を書く」とあったのである。決定版にはその碑文全文が載せられており、野田の強いこだわりがうかがえる。『たけくらべ』は丸山福山町で書いたものであり、菊池寛が「あまり考證もせず文章の弾みだけで」書いたのか、あるいは舞台が龍泉寺町界隈だから「そうしてもよいと独断して」書いたのか、どちらにしても「後日のために一応訂正して置かねばなるまい」と強い調子で言っている。現在はこの自然石の碑文は一〇〇メートル余り離れた台東区立一葉記念公園内に移転させられており、以前からある「一葉女史たけくらべ記念碑」(佐々木信綱の歌が刻まれている)と共存している。いっぽう旧居跡には現在、「東方六メートルが旧居跡」と裏に彫られた石碑と、ここは実際は旧居の左隣の酒屋の跡であることを断った案内板とが設置されている。

決定版では旧居跡を訪ねたあと、「焼けあとに珍妙な『カフェー』という名義で建ち並んだ毒々しい色彩の、一寸《ちよつと》場末の安娯楽街でも思わせるような遊び場」となり果てた新吉原のなかへと進み、「中央の大通りを左へ曲って進むと、昔の大門のあった、この新吉原の入口」に出ている。大門は現在は、明治期のような二本の門柱の上に渡したアーチ状の飾り（中心部には竜宮の乙姫像が屹立していた）はないが、細い柱二本で以前より少し仲之町《なかのちょう》通りに入った所に復元されている。ついでにいえば何代目かわからないがひょろりとした見返り柳もガソリンスタンドのそばで案内板やら石碑やらに囲まれて、あることはある。

ただし、野田の頃は「昔の大門のあった……」という言い回しからも大門は存在しなかった可能性が高いが、そこで野田が想起したのが、高村光太郎が愛人をモナ・リザになぞらえて彼女との別れをうたった「失われたるモナ・リザ」だったのである。しかし、まわりの現実はその詩的世界とはあまりにかけ離れており、そのなかで立ち尽くす野田の前に「エメラルドの宝玉」にもたとえられるあるものが姿を現す。

ふとみると、右の舗道の脇に、一本の淡い新緑の芽を、エメラルドの宝玉のようにいっぱいにちりばめた、枝垂れ柳の老樹が一本ある。これが昔なつかしい見返り柳である。まるで思い出の孤独な「みちしるべ」のように、あの戦火にも滅びずにたった一本残っていた「見返り柳」。私はしばし、そのあるなしのエメラルドの美しさに、みとれていた。

先に、「東京文学散歩」を構成する要素を九つまではあげたが、うかつにも、こうした側面もあることを忘れていた。文学研究者であると同時にれっきとした詩人でもあるのだから当然と言えば当然だが、こうした詩的感性もまた「東京文学散歩」を精彩あるものにしている重要な要素の一つなのである。

このあと決定版「その六」コースはいよいよ白鬚橋に向かい、そこからわれわれのコースの終点である向島をめざすことになるが、その前に例によって龍泉寺・吉原地区が決定版以降でどのように描かれていたかを見ておくことにしよう。

†決定版以降の龍泉寺・吉原

五三年の『新東京文学散歩 続篇』中の「吉原・今戸」は、今戸部分はすでに紹介したが、もともと長くもなく、吉原部分も多くを柳浪の『今戸心中』の紹介に割いているので吉原自体への言及はごくわずかである。そのなかでは、「その六」コースで歩いた際(五一年三月)にはずいぶん持ち上げた見返り柳に冷淡なのが目についた。「この前はそこに如何にも由緒ある老樹のように木札が建っていたのが」今はなくなってしまったので、「こうしてしまえばただの柳」としか思えない、という冷たさである。

龍泉寺・吉原地区は、前出の定本文学散歩全集第三巻『東京文学散歩 下町 下』中の「浅草界隈」(散歩は六一年初夏)中の「新吉原」、「モナ・リザ」、「大門と仲の町」、「おとり様」、「「たけくらべ」の街」の各節で、本格的に取りあげられている。「その六」コースで歩いた五一年からすでに一〇年が経過した時点での再挑戦だ。

今回は「その六」コースの時とは反対に、以前十二階のあったあたりから吉原をめざしている。現在の地図で確認すると、六区ブロードウェイ商店街と名付けられた道を北に向かい、それが少しずれてひさご通りとなり、同じ道がその先は千束通りとなる。そのひさご通りのなかほどに牛肉で知られる米久《よねきゅう》があり、六区方面から行くと「その米久の角から左へ小路を折れてみると、そこは表通りとはまるで変って、小料理屋とかスタンドなどがひっそりと看板を出している」。これは野田が見た六一年の様子だが、いずれにしても「このあたりがもう嘗ての凌雲閣の北裏あたりに当る」わけで、現在の住居表示でいうと、浅草二丁目一三番の区画の北東の角あたりがかつて十二階があった場所である。

「新吉原」は先の要素分類でいうと歴史紹介、地理説明、さらには土地とからめての作品紹介が中心。『今戸心中』に始まってここでは永井荷風の諸作に多くのスペースが割かれ、さらには志賀直哉、瀧井孝作、ピエル・ロティ「秋の日本」、そしてトリは高村光太郎の「失われたるモナ・リザ」である(「モナ・リザ」の節)。そこから話題は「パンの会の文芸運動」、さらには木村荘太の逸話などにも広がっているから、要素分類にあてはめれば、作品紹介から文学史的説明へ、ということになる。

「大門と仲の町」は地理説明も的確だが、本格的な現代吉原論でもある。しかもこれが売春防止法完全施行（五八年）から何年も経った時点での文章であることも忘れてはならない。野田はこんなふうに言っている――「文化遺跡としての新吉原を、このまま何もかも地上から掻消《かきけ》してしまって」いいのだろうか、と。「たとえば京都の島原や祇園や先斗町《ぽんとちょう》のように売春防止法に触れない」かたちで「新吉原の誇りを以て、形は滅びても心は滅ぼさないだけの自発的な風紀の粛正をして置くべきではなかったか」。これは、吉原を抜けて現在の台東病院とは反対側に曲がったところにある吉原辨天のまわりの瓢箪池が半ば埋め立てられてしまったのを見ての感懐である。そのまわりで遊んでいる「子供たちが大人になる時は完全に新吉原の名も忘れ去られるだろうか、と私はぼんやり考えながら、佇んだ」。こんなふうに紹介してみると、実はこうした本格的な論説も九つの要素分類の折にはとりこぼしていたことに気付かされる。そのことは逆に言えば、野田の「文学散歩」の間口の広さを物語ってもいたのである。

「おとり様」は吉原辨天から龍泉寺町に向かう途中にある鷲《おおとり》神社を描いた『たけくらべ』を始めとする作品の紹介が中心。数年前の二の酉の「夢のように美しかった夜」の思い出に対して、今日のお鳥様は「かさかさに乾からびて」「ミイラのように黙りこけて」おり、どちらが夢でどちらが現実かと、「白昼夢の中をさまよ」うような思いで野田は龍泉寺町へと歩を進める。すでに少し紹介した「『たけくらべ』の街」は、歴史紹介や伝記紹介もそこそこに、一〇年前の一葉旧居跡の碑文問題を蒸し返している。前述のように、一〇年前の藤田医師へのインタビュー内容を明かし、さらには藤田医師急死後、自然石の一葉碑が一葉公園へと移された経緯を述べているのだが、奥歯にもののはさまったような、とでもいうか、いささかやっかいなわだかまりが野田の中でうずまいているようなのである。

たぶん端緒は例の「一葉この地に住みて『たけくらべ』を書く」で、そこからさまざまな思いが野田の中に噴き出していったと思われる。「ごみごみとした街中の狭い汚い児童の遊び場」に過ぎない一葉公園への不満。観光宣伝に傾いた記念館建設への不満。本来建設されるべき本郷や丸山福山町への同情。ともかく野田は記念館に「真実の一葉の生涯と文学に対して」ではなく、「一葉の名声に対して」をかぎつけたのである。

それでも、「さて、一葉は」と気持ちを切り替えて、そのあとは伝記紹介から作品紹介に筆を進め、「恋の街新吉原を背景に大人の世界をかいま見た哀歓の姿を見事に結晶させたのが、名作『たけくらべ』であったろう」と締めくくりかけたところまではよかったが、どうしてもこの日の野田は腹の虫がおさまらなかったものとみえる。「あったろう」のあとを「……」でつづけて吉原の苛酷さについて述べたあとで、龍泉寺町の巧みな生き残りぶりに皮肉交じりのこのような「賛辞」を送っているのだ。

新吉原の全盛の頃はその廓者の街として生きていた龍泉寺町は、新吉原の廓街が完全になくなった今、一体何を持っているかと云えば、一葉である。あの二十四歳の人生の花の盛りまでを一期《いちご》として、貧しいままに病死していった哀れな一葉の名声である。だからこそあのような一葉記念館も造られた。いや、造るより他はなかったと云うべきであろう。

下谷龍泉寺は今や完全に「たけくらべ」の街に生れ変ったのだと、私は思った。

ここまで紹介してきて、やはり丸山福山町への同情の念が根底にはあり、それがかくも痛烈な言葉を吐かせたにちがいないとの思いがいっそう強くなってきた。「「たけくらべ」の街」というタイトルだけを見ると、いかにも「東京文学散歩」にふさわしい叙情的な内容を想像してしまうけれども、実態はかくも苛烈なものであり、「東京文学散歩」全体を見渡してみても異色の節と言える。

†白鬚橋へ

　龍泉寺・吉原地区の一〇年分の言及を見たあとは、また「その六」コースに戻って先に進むとしよう。このあと野田は吉原から白鬚橋へ向かうのだが、決定版には「見返り柳から日本堤、山谷堀を右にして今戸町から白鬚橋へ向う」とのみあって、具体的なコースは書いてない。もし短いこの記述を額面通りに受け取ると、山谷堀のいわゆる土手通りを北西の方向に大通り（明治通り）まで行って、三叉路で右折して明治通りを東方向の白鬚橋に向かったことになるが、これだと白鬚橋には少し遠回りになる。一三〇〇メートルほどの距離だ。

　もし、最短で、現在もある「南千住の瓦斯《ガス》工場」の横を通って明治通りを白鬚橋に向かおうとするなら、吉原から北東方面にガス工場を目指した方がいい。これだとガス工場まで九〇〇メートル、そこから橋の袂までは一〇〇メートルくらいの距離だ。ところで「その六」コースの野田は白鬚橋を渡って一気に向島へと進んでいるが、われわれのコースでは橋を渡る前に、野田が前掲の「浅草界隈」の最後で紹介している「風来山人の墓」にぜひ立ち寄っておきたい。

†風来山人の墓

六一年のこの時点でも風来山人のことは日本史の教科書以外ではあまり知られていなかったとみえて、野田は以下のように念入りに風来山人＝平賀源内（一七二八～七九）のことを紹介している。――「蘭学をまなび、儒学をまなび、科学者で、また本草学や鉱山学や物産学などにも通じた博物学者で、日本人として最初のすぐれた西洋画を描き、戯作者としても浄瑠璃作者としても活躍した江戸時代稀有の教養人」。それに続く伝記紹介も念入りだ。そのうえで現在の橋場二丁目二〇番を中心とした場所にあった寺が震災後移転し、源内の墓だけが残された経緯を紹介している。

ただ、残されたからといっても冷遇されたわけではなく、白鬚橋から明治通りを三ノ輪方面に二〇〇メートルほど行った左側には、野田が書いているように「史蹟平賀源内先生之墓」と刻んだ大きな石柱が現在もあり、その角の道を入って右にぐるっとまわっていくと、立派な墓所（伊東忠太設計）を容易にみつけることができる。野田が訪れた時はたまたま出くわした町工場の少年に案内されて、門もその少年が身軽に塀を乗り越えて中から開けてくれたのだが、現在では、かんぬきの鍵が昼間はとりはずされていて、かんぬきを抜けば誰でも入れるようになっている（帰る時はまたさしこんでおく）。

「門の内側には予想通り大きな石塊が三つ四つころがっていた。／墓所の内部はほぼ十メートル四方の塀に囲まれ、三方とも工場や民家に接している。荒廃にまかせて雑草も茂り、最近人の訪れた気配もない」と野田は記しているが、今はそんなことはない。大切に保存されているようで手入れも行き届いている。「区画整理のため寺と共に市外に移されようとしたが、有志の人達の骨折で元通り保存されることになった」と医学博士呉秀三が、墓と並んである「平賀源内墓地修築之碑」で明かしているが、人々のその心意気は現在でも引き継がれているようなのである。

こうした心と心の交流に、とにかく野田は弱い。「去り難い気持」になったのもうなずける。末尾では「雑草を踏みながらもう一度源内の墓前に立って別れを告げた。一束の花を用意するのを忘れたことも後悔された」とまで言っている。実は私自身これを読んでいながらまさか花までは、と気にも留めずに手ぶらで訪れて、野田以上に後悔させられたのだった。事前に教えてもらっていながら持参しなかったのだから、悔いはこちらのほうが深い。それほど、花持参が必須なくらい心をこめて守られていることがよくわかる墓所なのである。

「その六」コースからちょっとはずれて「浅草界隈」に導かれて源内の墓に参ったわけだが、実はもう一つ、白鬚橋を渡る前に紹介したいところがある。私が野田の文学散歩を読んでいてかねてから不満だったことの一つは、休憩や食事といった「一服」シーンがほとんど省略されているということであった。確かどこかの散歩の折に、ベンチのようなところに座って一服するシーンを読んだような覚えがあるが、それ以外のシーンとなるとすぐには思い出せない。しかし、考えてみれば、これほど不自然なこともないだろう。その意味でも、本書では、思いつくままに立ち寄った店も紹介していきたいと思う。もちろんフィクションではなく、私が訪れた実在のお店である。

で、ここで紹介したいのは、源内の墓と同じ橋場二丁目二二番の区画の明治通り沿いにある筑波家《つくばや》という鰻屋である。私が寄った時はほかに客もおらず（そのあと、商談風の二人連れが予約したうえで来店←清張ミステリーふう?）、だいぶ歩いた後だったので、ゆったりとくつろげたのはありがたかった。きが利く女将さんにていねいな仕事ぶりのご主人。ただし、うな重のほうの味は絶品というほどではなかったが、これは私がうなぎの本場育ちで舌が肥えているせいかもしれないから、評価は保留にしておこう。

実はお店候補はもう一軒あった。白鬚橋を東に渡り切ったところの正面に見えるカタヤマという名のレストランである。和風洋食の店らしいが、そうとうの人気店らしく、いつ見ても混んでいる。私自身は入ったことがないので何とも言えないが、どなたか行かれたらご感想をいただけるとありがたい。

†露伴旧居探索へ

さて、決定版では白鬚橋を渡った野田は、隅田川に沿って「言問橋の付近へつづく向島桜堤」を歩きだしているが、実はもう一カ所、これは野田の「東京文学散歩」には出てこないが、このあと野田が訪れる幸田露伴の蝸牛庵がらみで、露伴が一八九三年頃一年ほど住んでいたという白鬚橋東詰先の岐雲園跡も訪ねておきたい。今は墨田区立白鬚公園（墨田一―四）となっていて往時の面影はないが、幸田露伴児童遊園（墨田区東向島一―七―一一）内に区によって設置された案内板「蝸牛庵物語」によれば、もと外国奉行の岩瀬忠震《ただなり》が建てたもので汐入の池や広い庭を持った邸宅であったという。その前は露伴の両親らが住んでおり、彼らが転居したあとに露伴が一時住んだのである。

岐雲園跡を訪ねた後は、いよいよ本コースの終点、蝸牛庵跡である。ただし、決定版ではその折の記述はあっけないほどに終わっている。向島桜堤をしばらく行って焼け残った白鬚神社の前から「左へ町中の小路をゆく」。「幸田露伴の寺島新田の蝸牛庵は丁度このあたりにあったときく、が今はそれを調べるよすがもない程、町も変り、番地も変ってしまっている」。そしてこのあとは、もう、すぐに、百花園の前に出てしまっている。

二カ月前に対岸の今戸橋の上から遠望した向島。にもかかわらず満を持してやってきた今回も、旧居の発見には至らなかったのだ。決定版では町も番地も変わったからとのみ書いているが、『日本読書新聞』の連載では「千七百十六番地」とかつての正確な番地まで記しながら「今は番地も全く変っていて捜すいとまもないのが残念である」とくやしがっている。

確かに、露伴居住時代の寺島村新田（寺島村元寺島とも）一七一六番地は、昭和に入る頃には寺島町一丁目四四番地に変わり、一九六五年前後の住居表示変更後は東向島一丁目九番一三号に変わったから、一七一六番地という情報だけで探し当てるのはむずかしかったかもしれない。ちなみに野田が訪ねた頃は、寺島町一丁目四四番地となっていたはずである。

「その六」コースの向島訪問は五一年三月、その記事が『日本読書新聞』に載ったのが同年六月六日。新聞連載をまとめた最初の単行本『新東京文学散歩』の刊行は同年六月二五日だから、ここで蝸牛庵探しに加筆するのは無理だろう。ただ、決定版の刊行は五二年二月だから、超スピードで調査・加筆すれば改訂も可能だったかもしれない。しかし、ほかにも改訂候補は多くあり、結局野田はそれを果たせなかった。

野田が露伴の娘幸田文《あや》の「親切」(『新東京文学散歩 続篇』)に助けられて本格的な調査を果たすのは五二年春、おそらく決定版刊行直後のことである。そしてこの折の調査・報告は『新東京文学散歩 続篇』中の「寺島蝸牛庵」にまとめられ、さらに六年後の五八年三月にも再訪問のうえ増補されて東京文学散歩第一巻『隅田川』中の「向島寺島蝸牛庵」となった。

†寺島蝸牛庵

この「寺島蝸牛庵」は野田の「東京文学散歩」中でも屈指の好エッセイだ。何よりも「東京文学散歩」の原点である町歩きがふんだんに見られるところがいい。地理説明がていねいで、読者がこれだけを携えてもたどり着けるように書かれている。決定版の「その六」コースの時は曲がってしまった白鬚神社の角を今回は曲がらずに地蔵坂まで行き(ここで左折してすぐ右折してもよい)、そこも曲がらずに旧大倉別邸の高級料亭の前まで行き、そこから左に入っている。地蔵坂よりもかなり急な坂だ。

このあたりは戦災をまぬかれた寺島町の一角で、殆ど昔のままと云った感じである。坂は途中正面の家で左に細く右に大きく二つに別れているが、その右の大きい坂のやや左に寄った正面に、如何にも古風な、がっちりとした二階建の雑貨商がある。酒類、煙草、その他を売る老舗らしく、表札には雨宮庄兵衛と書いてある。現在の番地は四十四番地である。これが昔の寺島一七一六番地の甲州屋で、この店の左横に門があり、裏離れのようになった五十坪ほどの二階家がある。露伴が最も盛んな時代の十年間を暮した、当時そのままの蝸牛庵の名残りである。

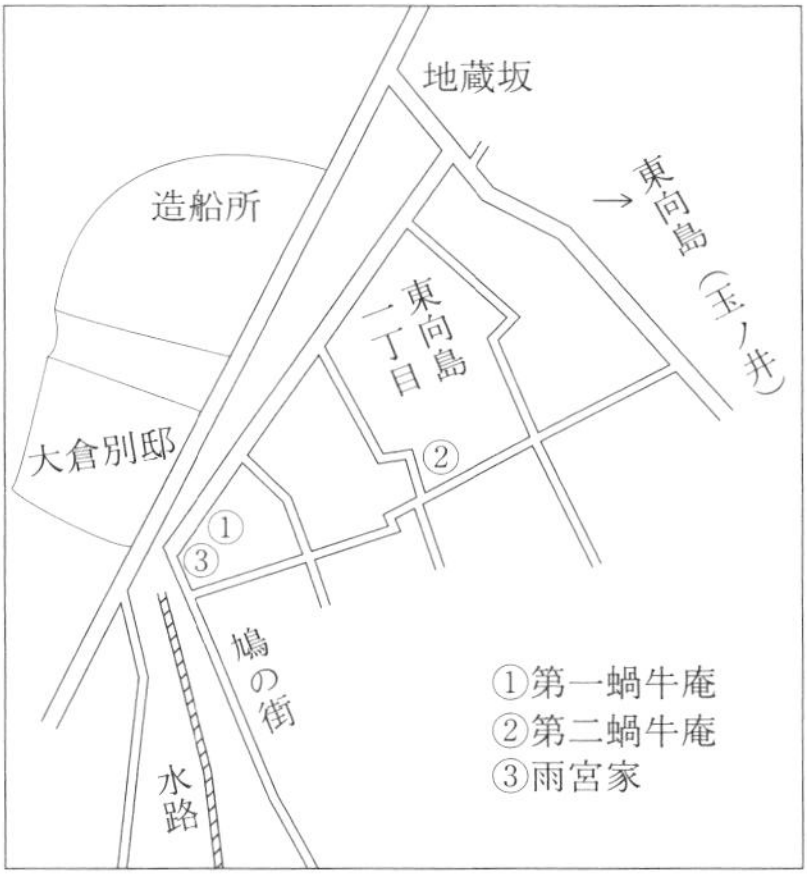

第一・第二蝸牛庵

ここまでは単に蝸牛庵とのみ書いてきたが、露伴が一七一六番地（のちの四四番地）の蝸牛庵に住んだのは一八九七年から一九〇八年までで、そのあと、ここから歩いて一、二分の一七三六番地（のちの六〇番地）に新居を構え、これも蝸牛庵と呼ばれているので、便宜的に前者を第一蝸牛庵、後者を第二蝸牛庵と呼ぶことにする。第二蝸牛庵のほうは一九二四年頃出版社との金銭的なトラブルで立ち退きを余儀なくされ、その後ほどなく撤去されたという。跡地はその土地を取得した隣接するゴム工場（現・ヒノデワシ株式会社。消しゴム製造のトップメーカー）がのちに区に譲渡し、現在は幸田露伴児童遊園として有効活用されている。現在流布している文学散歩本のなかにはこの第二蝸牛庵のほうを蝸牛庵として、のちに明治村に移設されたなどと記述しているものもあるが、六九年に解体され、七二年に明治村に移築されたのは第一蝸牛庵のほうである。

さて、幸田文さんの口添えもあってか雨宮家の好意で内部にも案内された野田は、得意の関係者インタビューも試みている。当主の三代目庄兵衛氏、ご母堂のむめ（梅）さんである。むめさんからは露伴の雨宮家あての借家証書も見せてもらう。当時露伴が凝っていた写真の現像室などは、この時野田が注目するまでは忘れ去られていたのではないだろうか。

このあと野田は、第二蝸牛庵の方に向かう。いったん雨宮家の横の「大きな坂道」の方に戻ると、何とそこは戦後有名になった「鳩の街」と呼ばれる売笑街の端の方だったのである。「ちょっと、兄さん……」と「けたたましいような女の声」が野田を呼び止める。こういう部分になると、私の〈フィクションでは？　癖〉が頭をもたげるのだけれど、ほんとうのところはわからない。可能性はあるとだけ言っておこう。

「鳩の街」のメインストリートから横に入っていくと、「左に露路のように狭い道が岐れ」

た角に萩原という米屋があり、そこと「小道一つをはさんだ」向う側が児童遊園と防火用水池、これが第二蝸牛庵の跡地だ。ここで野田がこだわるのが前出の出版社との金銭的なトラブルである。トラブルといっても、当時ふつうにおこなわれていた「原稿料や印税の前借」をめぐるもので、前借で「その文人や学者の生活が豊かに保たれることによって」出版社は「何時でもその数倍の利を得ることが出来る」のだからと、野田の出版社批判は手厳しい。

「なつかしい寺島の地を永久に捨てねばならぬこととなった」露伴への同情の念が野田の中でふくらんでくる。こうして「わびしい」「さみしい」思いを抱いて、野田は第二蝸牛庵跡を去ることになる。そのあと野田がたどったのは、前述の米屋と児童遊園のあいだの「露路のように狭い道」だ。その道は途中で折れて第一蝸牛庵が面する堤下通りに出るが、そこで野田が見たのが、「自由軒」という名の「自由謳歌の明治の匂い」のかおる理髪店だったのである。先にこの文章を「東京文学散歩」中でも屈指の好エッセイと評したが、こんな終わり方ひとつとってみても、そのことは裏付けられるだろう。

†もう一つの蝸牛庵訪問記

ここを去るにあたって、例によってその後の蝸牛庵訪問記も紹介しておきたい。前掲の東京文学散歩第一巻『隅田川』中の「向島寺島蝸牛庵」である。前述のように、「寺島蝸牛庵」が五二年春、そして「向島寺島蝸牛庵」が五八年三月と、六年のブランクはあるが、すでに前者ですべきことはほぼし終えており、後者は実質的には再録といった趣だ。しかし、それは第一蝸牛庵が登場する場面以降のことであり、白鬚神社から大倉別邸跡（もう料亭もつぶれてしまっていた）にいたる堤防沿いの見聞が増補されている。白鬚（寺島）の渡しの跡、川べりにある広い隅田川造船所、そこからは対岸の橋場や浅草の風景も見える。野田は「数ある隅田川風景のなかでも都会的で優れた眺めの一つだと思った」とまで言っている。そこに、幸田文が『おとうと』（五七年）で書いた隅田川の風景が重ねられる。要素でいえば、①町歩きの記述から⑤その土地とからめての作品の紹介へ、である。「はじめに」で、「叙述がいつのまにか四方八方に拡がり、融通無碍にいろんなところへ入りこんでいく、その組み合わせの妙」を指摘したが、これなども多々あるその種の例のひとつと言ってよい。

第一蝸牛庵登場後はかなりの部分が六年前の「寺島蝸牛庵」中の記述を踏襲している。だが単に六年前の記述をなぞっているわけではない。鳩の街の女性のように削られた部分もある（売春防止法の完全施行は五八年四月）。例のむめ（梅）さんについて「今日こうして久しぶりに訪れても、六年前と少しも様子が変っていないのもうれしいことであった」とあることからも、誠実に再訪していたことがわかる。どうでもいいことだが、あの秀逸な終わり方も、六年前には「自由軒の前から右へゆくと、地蔵坂の下に出た」とあったのが、今度は「自由軒の前から左へゆくと、また甲州屋の前に出る」と変えられている。甲州屋の前はとりもなおさず第一蝸牛庵の前であり、だとしたらまたしても野田は「再び大倉別荘の坂の中途に立って、あらためて甲州屋の全体の形と、横の旧蝸牛庵のたたずまいを眺めてみ」(「寺島蝸牛庵」)でもしたのだろうか。いずれにしても、この好エッセイには、野田の露伴や蝸牛庵、さらには隅田川や下町への愛が横溢していることだけはまちがいない。

†蝸牛庵跡の現況

さて蝸牛庵跡の現況だが、第一蝸牛庵は明治村で元気に余生を送っている。四十四番地あらため東向島一丁目九番一三号周辺は、水路が埋め立てられて道になったりしたほかは例の坂道や路地などの独特の地形は健在。「鳩の街」は鳩の街通り、鳩の街商店街として名前だけは健在だ。ただ、旧・甲州屋跡はマンションの工事中だった。完成予定は二〇二三年九月。第二蝸牛庵跡の児童遊園も当然ながら健在。横のゴム工場ことヒノデワシ株式会社は業績好調らしい。ついでに言うと、野田が「明治さながらの理髪屋」(『アルバム東京文学散歩』)と書いた自由軒は「JIYŪ—KEN」というモダン理髪店に生まれ変わっていた。野田さんが見たら、狂喜して喜んだであろうことは請け合いだ。

　さて本コースの散歩も約束通り向島・蝸牛庵跡が終点だ。「その六」コース自体はこのあとも、百花園、玉ノ井、曳舟《ひきふね》と歩いていくが、出発が柳橋で「その二」コースに途中合流したように、帰りもここで途中離脱することとしたい。帰り道だが、蝸牛庵跡からは、東武伊勢崎線の曳舟駅、東向島駅（旧玉ノ井駅）、京成押上線の京成曳舟駅がいずれも六〇〇メートルから八〇〇メートルくらいの距離にある。半蔵門線や都営地下鉄浅草線、京浜急行線へも接続しているので便利だ。途中で資料などを確かめたくなったら、京成曳舟駅そばのひきふね図書館が便利。あと、最後に一服したい方のために、鳩の街商店街の甲州屋跡寄りにある「こぐま」（東向島一―二三―一四）という名前の古民家カフェをおすすめしたい。もと古本屋さんだったという落ち着いた雰囲気と、いかにもそれらしい風貌のご主人が迎えてくれるはずである。焼きカレーとか焼きオムライスが得意なようで、スイーツも十分たのしめる。

第二章

高輪尾根道を歩く

†高輪尾根道コース

最初にお断りしておけば、高輪に尾根道などない。それでもあえて尾根道としたのは、歩いている道の両側が尾根道のようになだらかな下り坂となっているのはむろんだが、それ以外にも、あたかも尾根道を行くかのような爽快感とか、眺望感(=晴れ晴れとした眺め)とか、そんなこんなを含めてこう呼んでみたという次第。読み進むにつれて読者の皆さんがその趣旨を共有してくださって、なるほどこれは尾根道と呼ぶしかないな、と思ってくだされば私の奇抜な命名は成功したというわけである。

今回のコースは、品川駅がスタート地点。JR高輪口を出て、ショッピングモール・ウィング高輪の横の坂(柘榴坂《ざくろざか》)を上って行き、上りつめた曲がり角が私の言う尾根道の出発点である。そこを右折して、両側に広がる裾野のほうにまで寄り道をしながら道なりに進み（二本榎《にほんえのき》通りから聖坂へ）、あとは尾根道を下りて三田の慶應義塾大学を通過し、最後は芝公園から東京タワーへと至るコースである。

決定版『新東京文学散歩 増補訂正版』（一九五二年）では、「その五 高輪・三田・麻布・麴町」中の高輪・三田がこれにあたる。これだけだと三田どまりのように見えるので節名も紹介しておくと、「小波の家」、「白金付近」、「三田演説館」、「紅葉館《こうようかん》廃墟にて」、「透谷《とうこく》終焉の地」（あとの二つが芝公園部分）の五つの節が本コースを構成する部分である。決定版以降に書かれたもので参照すべきものとしては、『新東京文学散歩 続篇』（五三年）中の「白金付近「記念樹の碑」と「透谷の墓」と」、後年の『改稿東京文学散歩』（七一年）中の「芝界隈」、「三田界隈」、「高輪界隈」、がある。

『改稿東京文学散歩』の「後書」で野田は、隅田川や下町や山の手のごく一部こそ書いたものの、「わたくしが執筆を念願する東京はいよいよ巨大である。わたくしはどうしてもそれをやりとげねばならぬと決意した」と新稿に取り組む決意を表明しており、だとすると、高輪を始めとする港区部分に関してはそうとうのやり残し感があって、それが前記の三つの章の執筆につながったと考えることができる。

さて、「その五」コースの冒頭では、前章の飯田町・牛込・早稲田・余丁町・西大久保という「山の手の半面」に続く「山の手に残るひとつ」は高輪・三田・麻布・麴町だとして、「その五」コースを構想した理由を明かしている。その場合でも、野田がこだわるのは「文学史的な繫がり」であって、そこから、巖谷《いわや》小波《さざなみ》↓永井荷風↓龍土会《りゅうどかい》↓島崎藤村↓有島兄弟の線を想定し、港区高輪南町《みなみちょう》の巖谷家を起点としたと述べている。――「昭和二十六年三月七日。昨夜まで大荒れに荒れていた風雨も今朝はぴったりと止んだ。晴れてはいないが天気はこのまま回復するらしい。まだ花は咲かぬがどんよりとした春曇りである」。

†巌谷小波旧居へ

「尾根道」の爽快感と眺望感とが予感されるような出だしだ。それとどうでもいいことだが、『日本読書新聞』に載った最初の文章では、品川駅に降り立ったのは午前一一時となっている。われわれのコースでは芝公園までだけれども、「その五」コース自体は赤坂・麴町まで行くのだから少し遅いような気もする。まあ、それはそれとして、肝心の「小波の家」の節の冒頭は得意の町歩きから始まる。

品川駅で国電を捨てて私は駅の前に立つ。駅前の建物は戦前そのままの姿であるが、あの頃の華やかさはない。どこかに敗戦引揚者の入口らしい陰鬱さが染みているようだ。右の高輪北町の方は焼けあとの新しい街である。戦前のゆったりとした感じを失っていることは何処も同じだ。駅前から電車通りを突き切って、真直になだらかな高輪南町の坂道をのぼる。このあたりは流石《さすが》に焼け残りのお邸《やしき》町で、うっかり戦前の町を歩いているような気持になる。いかめしい高塀をめぐらした邸内には樹立が深く、家も明治風から大正昭和風の区々《まちまち》な建て付けで、持主が戦後の社会急変でその名前を替え、幾分落著きを失っているだけの違いである。

戦前の町のようだけれども持主が変って「幾分落著きを失っている」というあたりが、戦後のせちがらさを物語っている。――「坂道はやがて森村学園の通用門に行き当り、そこから左右に別れている。左に曲るその角に、これはまた田舎にも今はあまり見当らない古びた地蔵尊の御堂がある」。当時はここにあった森村学園のことは『日本読書新聞』の連載にも書かれているが、地蔵堂以下のことはスペースに余裕のある決定版だからこそ、の言及である。軒にぶら下がる丸提灯、縁日、身ぎれいな幼童と「久しぶりに接する可愛いい光景」が野田の心をなごませる。

「明治色豊かな古色蒼然とした感じの門」を入るとそこが小波の旧宅だった。洋風の大きな二階家だが、母屋は映像関係の会社に間貸ししており、裏の離れで「上品な白髪の老《ろう》媼《おう》」の小波未亡人に面会する。得意の関係者インタビューである。その前にまずは作家の略歴紹介。野田や当時の読者の世代だと小波はお伽噺《とぎばなし》で知られた「日本一有名な人の一人」だろうが、現代の読者だとそういうわけにはいかないだろう。とりあえず尾崎紅葉の弟分で、永井荷風の師匠、作品としては少年文学の『黄金丸《こがねまる》』が代表作、ということぐらいをおさえておこう。未亡人との話題はもっぱら暮らし向きのことだった。家が大きいだけに維持も大変らしく、「見るかげもなく荒れはてている」と野田は感想を漏らしている。

――「荒涼！　という形容詞がふと私の脳裏をかすめる」。

夏目漱石宅の木曜会は有名だが、小波も家に友人や後輩たちを招いて同名の木曜会を開いていた。参加者のなかでもっとも有名なのは荷風だが、「荷風さんとは時にお会いになりますか」との問いに対する未亡人の答は「いいえ、荷風さんは全く寄りつきません」だった。「あれ程縁の深い荷風さんが」という言葉を伏せて未亡人は……と野田は書いているが、むしろこれは未亡人のというより野田の思いだったろう。――「人間嫌いの荷風先生にすれば世間的な儀礼なんか今となってはちと無理なことでもあろうと私は考えた」。「あれ程縁の深い……」を未亡人の心の声としたり、人間嫌いの荷風に世間的な儀礼は無理だろうと言ったりして、精一杯カムフラージュはしているが、野田の荷風への非難意識はみえみえだ。というか、こういう恩義知らずが大嫌いなのがほかならぬ野田宇太郎なのである。「荷風先生」だとか「ちと無理なことでもあろう」などといった皮肉な言い回しからもそれは容易に見てとれる（ちなみに、荷風はこの時期まだ存命だった）。

「小波の家」の節の大半は未亡人へのインタビューである。それも内容的には「亡きあとの遺族の生活はいよいよ苦しく」に収束するような、そして遠回しに文壇・出版関係者に支援を期待でもするかのような。——さまざまなコレクションもほとんど焼けてしまったこと、貴重な日記だけは運よく近代史料蒐集家の柳田泉のもとにあって焼失をまぬかれたこと、直腸癌での死、無類の旅行好きにもかかわらず対馬にだけは行きそびれたこと。

「いろいろと未亡人の話をきき、礼を述べて私は巌谷家の門を出た」。小波家があった芝高輪南町五三番地とその前に住んでいた同四七番地周辺は、今はすっかりビルやマンション、住宅に建て替わっているが、五三番地改め高輪四丁目一番一八号のビルの敷地内には「巌谷小波先生住居跡」の石碑がたっており、少なくとも、道や路地はかつてとさほど変わっていないようだった。

次のコースは戦禍のすくない高輪界隈をめぐって三田の慶應義塾大学にある福沢諭吉の「演説館」へのコースである。高輪南町から約三キロ。森村学園の側を一直線に、戦前の面影をすっかり留めた街筋を二本榎に向う。

†高輪尾根道へ

私の言う高輪尾根道を歩き出したわけだが、七〇〇メートルほども歩くと二本榎の交差点＝高輪警察署前に到達する。戦前の建物かと思わせるようなこげ茶色の重厚なビルの警察署と、こちらは正真正銘の戦前の建物で、灯台のような火の見やぐらを持つ消防署とが鎮座する名物交差点である。角には子供連れの主婦や家族連れ、昼休み時のサラリーマンなどで賑わう町の中華料理屋さんなどもあるが、野田はこの交差点を左折してひとまず尾根道に別れを告げる。

「左にだらだらとゆるやかな坂を下ると、亭々《ていてい》とした樹立のあちこちに見える電車通りに出る」。当時は都電が走っていた桜田通りである。「前の右角から、海軍墓地に至る一角は、元の明治学院、今の明治学院大学の構内である」とあることから、交差点の名前にまでなっている清正公《せいしょう》（覚林寺）と明治学院との間にあった白金海軍墓地が、この時点ではまだ現存していたことがわかる（のちに明治学院大学に吸収される）。

明治学院といえば島崎藤村であり、明治学院入学や高輪台町教会での洗礼など、若き日のこの地との関わりが紹介される。さらには雑誌『文学界』の創刊や北村透谷との出会い、「高輪時代の小説」ともいうべき『桜の実の熟する時』（一九年）のことなど。

しかし、町歩きに重点を置いた決定版においては、文学史記述に長居することはない。明治学院前の都電通りをゆっくり下って行き、「次の停留所清正公前から右へ、急坂を登ると高輪台町である」。地図で確かめると「天神坂」とある。そこを登りつめれば当然高輪尾根道に戻ることになる。そしてその角には、「高松宮家の一部が開放されて其処に建てられた鉄筋コンクリートのアパート」があった。一九四八、九年に建設された都営高輪アパートである。『港区史 下巻』(六〇年)によると、鉄筋コンクリート四階建て三棟、戸数は合計一八八戸。「東京都初めての不燃性住宅団地」だったという(現在は三棟とも建て替えられており、もっとも高層の一号棟は一四階建て)。

ただし、これに対する野田の評価は、さんざんだった。——「鉄筋ではあるが、如何にも風情のないアパートで、ただやたらに蜂の巣のように部屋が小さく区切られて窓という窓からは乱雑に赤ん坊のおしめやその他の洗濯物がぶら下っている」。「昔ならばこんなアパートにはもっとハイカラな感覚や風情と礼儀があったものだが、日本の文化も全く逆転したという感じである」。それ以前の鉄筋アパートといえば昭和の初めからある同潤会アパートなどが連想されるから、野田の言う「昔ならばこんなアパートには」も、おそらくそんなイメージであったのだろう。

高輪尾根道の鉄筋アパートの隣には高松宮邸があった。アパートの風情の無さを批判した勢いで野田の批判は高松宮邸の「大名門」にも向けられる。「荒れ果てたまま余計な物のように脇に取残されて何の保護も加えられていないが、こんな建築は毀《こわ》れたら最後もはや二度と見られるものではない」のだから、正門として使うことこそ「本当に生きた保護法」ではないのか、と言うのである。

†戦災地の名残り

もっとも、こうした当世批判にも、町歩きを重視した決定版においては長居することはない。すぐ前は右に伊皿子《いさらご》坂、左に魚籃《ぎょらん》坂の伊皿子交差点である。左右に急な坂道を従えた、もっとも尾根道を実感させる場所でもある。その交差点を越えて三田台町《みただいまち》にさしかかると「このあたりは戦災地である。復興はまだ遠い」。決定版全体を通して言えることであるが、一九五一年になってもなお、戦災焼失区域を薄ピンク色で表示した戦災表示地図のような光景が広がっていたことには驚かざるをえない。ここで野田は私が尾根道とたとえたところを「細長い岬」と呼んでいる。——「高輪から三田へ通ずるこの二つの台町は、どうやら上古の海に面した細長い岬でもあったろうか。道の左も谷になり、右は急な崖下の町になり、そのはては海に接している」。もちろん私のは単なるたとえであり、野田の岬説のほうが有力であることは言うまでもない。

ついで野田は板塀と冠木門《かぶきもん》に囲まれた亀岡古墳へと至る。戦前は誰かの屋敷（華頂宮《かちょうのみや》邸——藤井注）の一部として、戦後は運動場にでも使われていたらしい広場のはしの、断崖のそばに円丘《えんきゅう》はあった。「品川から東京港一帯の海まで一望に眺める展望台」のような場所である。このあと野田は聖坂《ひじりざか》を下って慶應義塾へと向かうが、その前に意味深長なグロテスクな光景の描写がある。——「大きな洋館の焼け落ちた残骸が巨竜の骨のようになって幾本も天を直線に突きさしている。聖坂である」。聖坂の道路上に巨大な残骸があるわけはないから、これはその横の屋敷地の光景だろう。坂の手前の右側は戦災焼失地図によると焼失地で、そこには浅野セメントで知られる浅野家の屋敷があったから、あるいは焼け落ちた洋館は浅野家のものだったかもしれない。ただ、私が注目したいのは、あたかも坂道上にでもあるかのようにグロテスクな姿を書き込まずにはいられなかった野田の心の中だ。たぶん野田は聖坂を下りだす前に、どうしても「復興はまだ遠い」象徴としてのグロテスクな光景をさしはさまずにはいられなかったのだ。〈聖坂上の残骸〉の私なりの解釈だが、どうだろうか。

†決定版以降の高輪尾根道地域

このあと、決定版「その五」コースは高輪尾根道を下りて、三田から芝へと向かうので、ここで高輪尾根道地域が決定版以降でどのように描かれていたかをまとめておくことにしよう。『新東京文学散歩 続篇』(五三年)中の「白金付近「記念樹の碑」と「透谷の墓」と」と『改稿東京文学散歩』(七一年)中の「三田界隈」、「高輪界隈」である。

「白金付近「記念樹の碑」と「透谷の墓」と」では、サブタイトルにもあるように、「藤村が母校のために作った記念樹の校歌の碑」と「明治学院の裏側に当る白金台町の黄檗宗《おうばくしゅう》の古《こ》刹瑞聖寺《さつずいしょうじ》の墓地にある北村透谷の墓」をたずねている。それこそ決定版の補遺としての役割に忠実な、逆に言えばそれだけに終始した内容で、ここで特に紹介しておきたいような個所は多くはない。記念樹の歌の碑は決定版では学院内に足を踏み入れなかったために紹介できなかったものであり、透谷の墓の方は、後述するように「その五」コースの末尾で現在の東京タワー下で死去する透谷を描いているので、それと対になるようなかたちで墓(瑞聖寺=白金台三―二―一九)を紹介したのである。

歩いたコースが丁寧に描かれているのは決定版同様であり、学院内や寺までの様子が活写されている。これに対して野田らしいこだわりが前面に出ているのは、透谷の墓の荒れた様子に触れた個所である。墓前に「西洋花の枯れたのが、たてかけてあった」のを見て「北村透谷の血縁はまだ続いている筈である。然し夫人はもう居ない。この墓の荒れたようなさみしさはそれを物語っているのだろうが」とつぶやいている。墓のことを知っている「文人とてそう大してあるわけではない」ことに思い至り、「わびしさ」と「いきどおりの気持」が「心の中でぶつぶつと沸《たぎ》りはじめる」のをこらえるようにして野田は墓前をあとにする。野田が透谷の墓に詣でるのはこの時が二度目のようだが、後述するようにこれが最後の墓参となることをこの時の野田はまだ知る由もなかった。

†『改稿東京文学散歩』の高輪尾根道地域

次は『改稿東京文学散歩』である。「三田界隈」中の「三田の寺町」「伊皿子坂と魚籃坂」、「高輪界隈」中の「英一蝶《はなぶさいっちょう》の墓碑」、「泉岳寺のピエル・ロティ」、「東禅寺にて」、「明治学院の庭」の六つが高輪尾根道に関わる節である。決定版から二〇年を経てさすがに戦災の跡は一掃されたが、今度は「自動車の排気ガス」に代表される環境汚染が野田を憂鬱にさせる。それでも赤羽橋（野田は赤羽根橋とも書いている）から三田方面を目指して慶應義塾の旧・正門前くらいまで来ると「まだそのあたりだけひとかたまりの古い街が生き残っていて、しぜん心の和むのを覚える」と書いている。等高線を見るとまだこのあたりは赤羽橋とほとんど同じだが、聖坂を上って高輪尾根道に入ると雰囲気は一変する。

もっとも野田は聖坂沿いの三田三丁目の一角も「昭和の敗戦と共にがらりと変って、とくに経済成長のここ十年間に見晴しのよい台地はアパートやマンションなどばかり立ちふさがり、その間に古い寺をさがすのがむずかしい位になっている」とこぼしているが、そうは言いつつも野田が「三田界隈」や「高輪界隈」において、何かに憑かれでもしたかのように高輪地域の寺を集中的に歩きまわっているのは、「心の和む」のを求めて、という理由以外は考えにくい。

荻生徂徠《おぎゅうそらい》の墓のある長松寺《ちょうしょうじ》（三田四―七）、かつてフランス公使館が置かれた済海寺《さいかいじ》（三田四―一六）、英一蝶の墓碑のある承教寺《じょうきょうじ》（高輪二―八）、赤穂義士の泉岳寺（高輪二―一一）、イギリス公使館が置かれ、透谷も一時住んだことのある東禅寺（高輪三―一六）が、野田がめぐった高輪の寺々である。桜田通り沿いの長松寺、高輪尾根道沿いの済海寺・承教寺、そして第一京浜寄りの泉岳寺・東禅寺と、高輪尾根道を中心としてそこから左右に拡がる地域を野田は精力的に歩いている。

ただ、ともすれば二〇年前と比べがちな野田の評価は手厳しい。長松寺が道路の拡張に伴ってうしろの高台に移り、「コンクリートの味気ない坂道を登らねばならなくなった」ことも、前述のように二〇年前は広場内にあった亀塚（もとは済海寺の一部だった）が今回は周囲の公園が工事中だったこともあって確認できなかったことも、境内が自動車置場（駐車場のこと――藤井注）に浸食され、一蝶の墓碑が邪魔者扱いされていることも、なにもかもが野田には気に入らぬことばかりだった。

しかし、いまそれらの場所を訪ねてみると、徂徠の墓は夫人や家族の墓とともに大切に遇されているし、一蝶の墓碑とて同様。亀塚に至っては済海寺の横に亀塚公園、三田台公園という二つの公園が整備されて、亀塚自体は他の碑類に囲まれて亀塚公園内でこれまた大切にされているように見える。案内板類を見ると平成に入って整備され設置されたものが多いから、野田の積年の思いがかなえられたと言ってもいいかもしれない。

承教寺から泉岳寺へと至る裏道のくねくねみちは今も健在である。例によってマンションやホテルの乱立に不満を漏らしながらも、大きな山門のある門前の風景には「何となくほっとする」と記している。野田の目的は、フランスの軍人で作家でもあったピエル・ロティの泉岳寺詣で（一八八五年）を追体験することにあった。ロティが大石良雄の墓に供えられていた花束の中から一本の菊の花をフランスに持ち帰ったエピソードが野田の心にしみわたる。

森鷗外の名作『安井夫人』（一四年）のヒロインの墓があり、北村透谷が一時住んでもいた東禅寺への野田の思いは格別なものがあった。「もっとも清浄さを感じさせる」、「古寂に落着いている」といった最上級の賛辞も惜しまない。ここで野田は「寺僧らしい青年」にこの寺の開基である日向飫肥《おび》藩の墓を案内される。「近頃どこも墓地が荒らされ勝ちなので」鍵を掛けてあったのを「お詣りならば」と案内してくれたのである。関係者インタビューともちょっと違うが、こうした市井の人々と交わる個所はとくに味わい深い。「東京文学散歩」の面目躍如たる部分である。

†「明治学院の庭」

さて、「三田界隈」「高輪界隈」中で掃苔に無関係な節は、「伊皿子坂と魚籃坂」と「明治学院の庭」の二つである。前者では、決定版では南から北へ通り過ぎただけであった二つの坂の地誌考察を試みている。後者は、『新東京文学散歩 続篇』の「白金付近「記念樹の碑」と「透谷の墓」と」と重なる部分もあるが、その前半では「白金付近」でも引いていた藤村の『桜の実の熟する時』を引用しながら品川駅から明治学院までの道をたどっている。

ここで野田が引いたのは、冒頭の「日蔭に成った坂に添うて、岸本捨吉は品川の停車場手前から高輪へ通う抜け道を上って行った」で始まる部分であった。そしてその道が「今では両側にホテルやマンションや、ゴルフ場まで」ある賑やかな道に変わってしまったと嘆いている。おそらく決定版の時に歩いた品川駅から高輪尾根道に続く柘榴坂を思い描いていると思われるが、その坂道を野田はひそかに「藤村の青春の坂道」と呼んでいるという。

『改稿東京文学散歩』の七〇年前後と言えば、橋・舟木・西郷の「御三家」の青春歌謡の影響下にあった時代だ。やたらに「青春」が冠されたものだが、青春の坂道もあるいはそのたぐいだろうか。ところで、この個所の野田の地理考証には異議がある。冒頭のシーンに続く部分であこがれの女性繁子の乗る人力車に追い抜かれた捨吉が坂上に辿りついた部分はこのように書かれていたからである。――「岡の上へ捨吉が出た頃は最早繁子の俥《くるま》は見えなかった。その道は一方御殿山《ごてんやま》へ続き、一方は奥平の古い邸について迂回して高輪の通りへ続いて居る」と。

この条件を満たす場所は、今の番地でいうと、高輪四丁目一二番と五番、一三番、一六番、一八番がぶつかる五差路しかない。一六番と一八番の間の道は御殿山に続いているし、一二番と五番の間の道は、江戸時代からあった奥平邸の横を迂回して高輪の通りへ続いているからである。したがって坂道の出発点も現在の品川駅前ではなく、高輪四丁目のバス停あたりでなくてはならない（高輪四丁目二三番あたり）。品川駅が現在地に移転したのは一八九六年で、それまでは現在よりも南の「八ツ山の下の海浜近く」（『港区史　下巻』）にあったのだから、「品川の停車場手前から高輪へ通う抜け道を」という記述とも矛盾しない。ちなみにここは本コース屈指のおもむき深い道なので、ぜひおためしあれ。

ところで、「明治学院の庭」をめぐってはもう一つ気が付いたことがある。一八年前の「白金付近「記念樹の碑」と「透谷の墓」と」では、ごく自然に明治学院キャンパスからすぐ近くの透谷の墓のある瑞聖寺へと向かったのに、今回はそれがなく、プッツリと断ち切られたような印象を受けるのである。思い出されるのは東禅寺の青年僧の「近頃どこも墓地が荒らされ勝ちなので」という言葉だ。実は私自身瑞聖寺に足を運んで墓地に入れなかった経験があるのである。東禅寺ではたまたま出会った青年僧の好意で入れたけれども、ひょっとして野田も私と同様の経験をしたのではないだろうか。

私が感心するのは、もしそうだとして、野田がそのことを愚痴っぽく書いていないことである。こういう時代であれば致し方ない、いや、むしろそのほうがよい、という思いをその背後に読み取りたいのだが、勝手な想像だろうか。「東京文学散歩」の九つの要素の一つとしてあげた掃苔だが、困難な時代に直面していると言わざるをえない。もう野田はいないので、代わりに私が読者の皆さんに何か言うとしたら、やはり墓地に入ろうとするならたとえ禁じられていなくとも、ひとこと断ってからのほうがよい

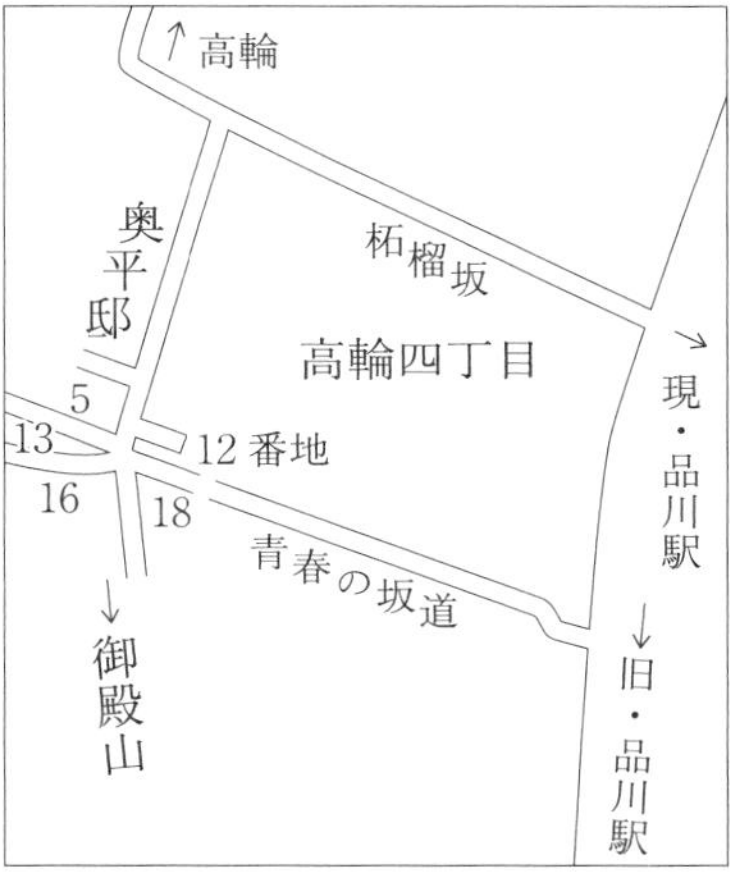

青春の坂道

のではないだろうか。掃苔だけではない。時代とともに町歩きのマナーも変わる。家々を多少とものぞきこむようにして歩くのだから、なんらかの心配りは必要だろう。野田さんなら何と言うだろうか。

†再び決定版「その五」コースへ

だいぶ寄り道をしたけれども、ここらで本来の決定版「その五」コースに戻って、三田から芝方面へと進んで行こう。聖坂から慶應義塾までは四〇〇メートル、そこからゴールの東京タワーまでは一キロメートルほどの距離である。

野田は「そもそもの慶應義塾の発祥家屋」である演説館が、あたりが全焼したにもかかわらず焼け残ったことに驚嘆する。「この建物を大切にすることは福翁自身の意志でもあるが、その意志を忠実に守った塾関係の人々の努力が報いられたのでもある」。そして「この古風な土蔵のような建物を守る心が一番今日の日本に欠けている心」だという。

次いで野田は、硯友社《けんゆうしゃ》で有名な「紅葉館」跡と北村透谷旧居跡を訪ねるために芝公園へと向かう。

義塾の裏門から樹立も豊かな屋敷町をぬけて保険局（現・かんぽ生命保険サービスセン

ター——藤井注）の前を通り、焼けあともまだ生々しい麻布中ノ橋から赤羽橋に出る。赤羽橋を渡ると増上寺の裏に当る地点の、あの幽邃《ゆうすい》でさえあった芝公園の入口であるが、今は戦火のために樹木もまばらになっていて、戦前の公園らしい面影を見ることが出来ない。

紅葉館はその芝公園から飯倉方面へ出る坂を上り切る手前の左側にあった。かつては一号から二五号までに区分されていた芝公園の二〇号地、現在の東京タワーの駐車場のあたりである。焼け跡に焼け残った石の門柱には、「葉」の字だけが「弾片か何かのために打ちつぶされ」た「紅葉館」と記されたタイルの表札がはめこまれたまま、という惨状であった。「一千坪位もあるらしい広大な敷地」は土蔵一つ残して一面の廃園で、かなたには赤羽橋の向こうに立ち寄ってきたばかりの慶応の校舎も見える。そして硯友社華やかなりし頃の文壇風景が、みずからを「廃園の園丁」に擬した野田の脳裏に浮かんでは消えていく。

紅葉館の広大な庭園の突端は崖になり、その下は谷間のようになっていて、目下盛んに地均《じなら》し工事中である。私の目は自然に、その谷間から向う側の、焼け残った芝公園の一角の樹立ちの方へ吸い寄せられる。このあたりが、どうやら昔の芝公園十三号地、北村透谷自殺の家のあった場所だからである。（十三号地は野田の早とちりで、『改稿東京文学散歩』では二〇号地四番と訂正している――藤井注）

ここから野田の連想は、透谷宅をよく訪れていた藤村が「この芝公園直横《すぐ》に当る飯倉《いいくら》片町に住んでいた」という事実へと向かう（ただし、よく訪れた頃は飯倉居住ではないが）。飯倉片町はもちろんこの近くではあるが「直横」とまで言えるかどうか。しかし、いずれにしても「その友藤村は近年までそこに近く住んで、透谷の真心をひそかに抱きつづけてもいた」と思いたい野田にとって、この二つの場所はまちがいなく至近距離だったのである。「その五」コースはこのあと、その飯倉へと歩を進めていくことになるが、本コースではこの「透谷終焉の地」がゴールである。したがってその前に、例によって決定版以降では紅葉館や透谷終焉の地はどのように描かれていたかをまとめておこう。

†「東京タワー直下の夢」

『改稿東京文学散歩』「芝界隈」中の「東京タワー直下の夢」がそれに相当する個所だが、芝公園内を増上寺から紅葉館のあった東京タワー下へと歩いてくる途中から、すでに野田は「観光遊覧のバスやハイヤーなどが、あいかわらずごった返している」のにうんざりしていた。東京タワーの北側にある名刹金地院《こんちいん》の墓地で、儒者であり医師でもある堀杏庵《ほりきょうあん》の東京都旧跡に指定された縦長の墓石を見つけた野田が、碑文を読み終えてふと頭をあげると「群立つ古い墓石の上に、東京タワーがはるかに高くそそり立ってい」た。「自然や歴史などにこだわる人間生活を無視したような巨大なマスコミ電波塔」。これに対して野田は、「この大儒者の質素な純日本様式の石塔の方が、鉄塔の東京タワーよりずっと今後も長命」なのではないだろうかと夢想する。

このあと紅葉館跡や透谷終焉の地を再訪するわけだが、その時も野田の心を支配していたのは同様の思いだった。透谷のペンネームの由来となった「数寄屋橋《すきやばし》さえ完全に姿を消した現在の東京では、むしろ巨大な東京タワーこそ透谷のモニュマンと云ってよかろう」と言ってみたり、芝公園の緑や景観は東京タワーやゴルフ練習場によって破壊されたが「東京タワーも文学者から見ると北村透谷の巨大な文学碑のようなものだ」と言ってみたりと、同趣旨の反語まがいの表現を繰り返している。

「わたくしが二十年前、ここに立ったころは、二十号地南側崖下の透谷終焉の地付近は既に埋め立て工事が行われていた。十年後そこにエッフェル塔より何メートル高いなどと、たわいのないことを誇り顔にする東京タワーが出現するなどと、誰が予想したろう」と野田は述べているが、東京タワーは決定版での訪問から六年後の五七年六月に起工し、翌年一二月に完成している。七年後の出現なのであり、野田が三年もアバウトに表現するのは珍しい。さんざん腐しはしたものの、実際は東京タワーがいかに野田にとって関心外のものであったかがわかる。野田がひたすらみつめていたのは、「大儒者の質素な純日本様式の石塔」であり「明治の先駆的詩人透谷」の文業だったのである。

最後に東京タワー周辺の現況を書き添えておくと、なにしろ『改稿東京文学散歩』の訪問自体が東京タワー完成後一三年も経った七一年のことだったのだから、「ひっきりなしに走る自動車」も含めてその後は目立った変化もないようである。野田が指摘したのは、五一年頃すでに崖下の埋め立て工事が始まっていたとか、あるいは東京タワー建設のために「紅葉山の上を平らにして」とかいったことだが、実際はそれほど大きな変化が加えられたようには見えない。樹木が茂る崖下は依然としてあるし、東京タワーが立っているあたりや広大な駐車場にも起伏や坂は依然として残っているからである。おそらく、最低限の埋め立てや地均しがなされたに過ぎなかったのだろう。

大正から戦争直後にかけて補正されてきた都市計画用の地形図（『帝都地形図』二〇〇五年）で等高線を確かめると、紅葉館のあったあたりは二七メートルほどの高台で、南側は「なだらかなる崖」（『新撰東京名所図会』第七編、一八九七年）となり、崖下には瑠璃光寺《るりこうじ》という名の寺があった。これに対して透谷の旧居があった二〇号地四番は紅葉館の高台から東南方向に少し下がった位置にあり、その西側にはやはり崖があり、崖下には瑠璃光寺があった。要するに、紅葉館も崖上なら、透谷旧居も紅葉館よりは低いものの、やはり崖上にあったわけで、そうした雰囲気は、埋め立てや地均しがさほどではなかったおかげで、現在のわれわれにも感じ取ることができるというわけだ。

さてここからの帰り道だが、芝公園から東京タワーまで進んできただけなので、鉄道利用ならまた地下鉄三田線の芝公園か御成門《おなりもん》まで戻るのが便利だろう。御成門駅の近くには区立みなと図書館もあり、知識の確認には好都合だ。御成門駅周辺にはサラリーマンの方たちが利用する食堂も多くあり、私もその中の一つで中華料理を食べた覚えがある。ただし、今回のおすすめはここではない。桜田通りをはさんで高輪の長松寺の向かい側にあるイスラエル料理のデビッドデリというお店がおすすめだ（三田五丁目一三―一二）。イスラエル料理といってもそんなに身構える必要はない。トルコ料理とも似ていて、主食はナンみたいなパン。私が選んだのはチキンカツのようなマイルドなフライと丸く飾り立てたひよこ豆のペースト。店内も広々として開放感があった。やっぱりたくさん歩いた後は窮屈な店には入りたくない。

第三章

番町文人町から横寺町へ

†今回のコース

有島兄弟の番町《ばんちょう》文人町から尾崎紅葉の横寺町《よこでらまち》へ、というコースを考えてはみたものの、距離があまりにも短いような気がする。直線距離だと二キロメートルくらいだが、といって中央線やお濠をまたいでの直線などそもそも無意味なので、現実味のあるルートとしてはたとえば九段下まで下りて、そこから神楽坂、横寺町という経路だと三キロ半、といったところか。でも、どちらにしろ、かなり短いことに変わりはない。

もっとも、適度な距離、という基準だけでコースを決めているわけではないので、少々短くとも今回はこれでいくことにしよう。で、具体的なコースだが、出発点は四谷駅、と言いたいところだが、本書では基本的に野田のあとをついていくことにしているので、地下鉄赤坂見附で降りて弁慶橋を渡るところからスタートする。そこから麴町の文人町を抜けて、靖国通りを向こう側に渡り、九段下では馬琴の井戸の現況を確かめ、そこから神楽坂の方へと移動し、泉鏡花旧居跡を探る。ついで神楽坂通りを横寺町まで歩き、尾崎紅葉旧居跡とその崖下の弟子たちの住まい跡を見届けてまた大通りまで戻ってきたあたりを終点としよう。

決定版『新東京文学散歩 増補訂正版』(一九五二年)でこれに対応するのは、「その五 高輪・三田・麻布・麴町」中の「番町文人町廃墟」と、「その四 飯田町・牛込・雑司ヶ谷・早稲田・余丁町・大久保」中の「馬琴の井戸」、「硯友社跡」、「屋上庭園社あと」、「神楽坂」、「芸術倶楽部跡」、「十千万堂《とちまんどう》跡」、「赤城の丘」、である。決定版以降に書かれた参照すべきものとしては、『新東京文学散歩 続篇』(五三年)中の「「煤煙」の坂」、さらには後年の『改稿東京文学散歩』(七一年)中の「麴町界隈」「牛込界隈」、などがある。

「その五」コースの前半は本書中の高輪尾根道コースでもあるので、出発は品川駅、日時は一九五一年三月七日一一時のスタートだ。そこから赤坂の弁慶橋までは、高輪尾根道コース、そのあとは麻布、六本木、そして六本木からは「久しぶりに焼けあとの街の復興振りを見学かたがた」山王下《さんのうした》から赤坂見付へと歩いている。六本木から赤坂見附までは二キロメートル弱の距離である。「焼け残って戦前の姿をとどめた一角」もあれば「無残な焼けあとの新開地のようなバラックの町」もある、というのが道沿いの光景だった。さて、ここからが今回のコースというわけだ。

古さびた弁慶濠の藻屑も今は取り払われてボート池と変った。弁慶橋を渡り、紀尾《きお》井町《いちょう》の裏から上智学院の高いコンクリートの崖下の古めかしい道をゆくと、麴町五丁目の電車通りである。そのあたりから二番町、六番町のあたりで焼け残ったものといえば、紀尾井町上智学院寄りの一部と、四谷見附の雙葉《ふたば》女学校の前にある、消防署（現・東京消防庁スクワール麴町――藤井注）の高い塔位のものである。雙葉女学校もすっかり焼けて、今は新しい校舎が大部分出来ている。その真向いの上智大学前には、一昨年に出来上った東洋第一と称するイグナチオ教会が灰白色に荘厳な姿をみせている。

†番町文人町

弁慶橋から電車通り（新宿通り）まではわずかに屈曲はしているもののほぼまっすぐであり、野田は「上智学院の高いコンクリートの崖下の古めかしい道をゆくと」とあっさり書いているが、この道の様子は現在でもほとんど変わっていないようで、歩くのにはうってつけの静かで心休まる道だ。上智大学の高い塀も健在なら、レトロなビルなどもあり、一瞬、タイムスリップして異空間に入り込んだような錯覚すら覚える。先を急いでいた野田の目には留まらなかったようだが、本コース中では一、二を争う味わい深い道と言ってよい。

これと比べると、肝心の番町文人町のほうは今はすっかりこぎれいな町になってしまっていて、案内板やらもあり過ぎるほどにほうぼうにある。もちろん、五一年に野田が訪ねた頃はこんなではなく、しかも、一帯はすべて焼失地なので新たに建て替えられており、「戦前に一度ここを訪ねたことのある私も、あまりの変りように一寸見当がつきかねる」ほどだった。

それでも記憶に基づいて「電車通りのバラックの小さな六番町郵便局の横町を入り（現在の番町文人通り――藤井注）、二つ目の角を雙葉女学校の方へ左折して二軒目」の藤村の旧居跡になんとかたどりつくことができた（すでに新築の家が建っていた）。ここはかつては下六番町一七番地で、現在は六番町一三―一〇だが、野田が決定版に書いている住所は、五一年当時のものとそれ以前のものとがごっちゃになったりしている。

ともあれ、野田が旧居前の道から見た「消防署の高い火見の塔」は現在ではもはや存在しないが、道の前方かなたの突当りには雙葉女学校の校舎も見え、かつての雰囲気がまったく失われたというわけでもなさそうである。

この番町一帯は戦前まで一種の文人町でもあった。その文人町の中心をなすものは泉鏡花と有島武郎《たけお》、生馬《いくま》、里見弴《さとみとん》の三兄弟の家であった。泉鏡花の晩年の家は、生馬と弴の向う隣りであった。又、その場所から道を一つ隔てたところに武田麟太郎も住んでいた。

ここからは、これまたかつての記憶に基づいて鏡花旧居跡（現・六番町五）、有島三兄弟旧居跡（現・六番町三〜四。この四つ角が「番町文人町のセンター」だった）、そして武田麟太郎旧居跡（現・二番町一〇）とみてまわり、野田自身の思い出を織り交ぜながら作家紹介を試みている。つづけて野田は「一番町から六番町に及ぶこの番町一帯に住んだ文学者のことを思い出すままに書いてみると」と言って、与謝野鉄幹、小山内薫《おさないかおる》、永井荷風、寺田寅彦、水上瀧太郎《みなかみたきたろう》、菊池寛らの名前をあげたうえで「今はすべて灰燼と化した」と嘆いている。節のタイトルの「番町文人町廃墟」につながる言葉だが、だとすると、「廃墟」とは建物や町だけを指していたのではなく（現に「今はもうそのあたりの街家は戦後の安普請ながら昔のようにすっかり建ち並んでいて」とあり、「廃墟」ではなかった）、関わりのある文人たちが「世を去った」ことをも指していたのかもしれない。――「鏡花世を去り、藤村も亦逝き、瀧太郎も亡く、里見、生馬の兄弟は夫々《それぞれ》鎌倉の家に落著き、戦後まもなく若い武田麟太郎さえも世を去った」。

†「その四」コースへ

このあと野田は国電を見下ろす土手道を市ケ谷から四谷まで歩き、正面に見える聖イグナチオ教会の鐘楼を目にすることになる。決定版「その五」コースのラストにふさわしい荘厳な構図だが、本コースでは、当初の予定通り、ここから決定版「その四」コースに乗り入れて、「飯田町・牛込」方面を目指すとしよう。

そうは言ったものの、実は「その四」コースの野田は飯田橋駅から出発して九段下のほうに向かって歩いているのである。本コースが、「その五」コースと「その四」コースを(無理に?)接合したために、歩く向きとしては、番町から市ケ谷へ(「その五」コース)と、飯田橋から九段下へ(「その四」コース)、というように、きれいにはつながらなくなってしまったのである。

どうしてそういうことになったかというと、本コースの狙いとして、まず、番町を高輪コースのしっぽなどではなく、本来あるべき九段や飯田町と一緒にさせてやりたいということがあった。そしてもうひとつ、冒頭でも述べたように、本書の基本方針として野田のあとをついて歩くことを課しているので、このようなことになってしまったのである。つまり、以上の二つをともに実践しようとすればやむをえなかったということになるが、前者は譲歩の余地はないとしても、後者のほうは、本書の記述がつながっていなくとも、読者の皆さんが実際に歩かれる時まで本書の記述に縛られる必要はない。コース上の点と点を押さえることだけを念頭において、歩く向きや訪ねる順番は自由に変更していただいてよいのである。

さて、「その四」コースの冒頭に戻ると、前置き部分では、近代文学史上の二つの基点として飯田町九段上と早稲田の森とをあげ、そこから伸びる二つの線が交差するのが牛込神楽坂であると言っている。これが「その四」コースの全体だが、前述のように本コースではその前半部分（飯田町九段上から牛込神楽坂へ）を切り取り、それを「その五」コースの番町文人町と接合させているのである。

野田は「約三分の二以上を戦争で焼かれた飯田町界隈を前にして、私の心に浮んだのは、近い時代から辿って四つのことであった」として、その四つを順にあげている。一番目は、一九三四年頃飯田町二丁目に住んでいたみずからの無名詩人時代の思い出。二番目は、ちょうど野田が生まれた頃（一九〇九年）飯田町六丁目の長田《ながた》医院で誕生したパンの会の雑誌『屋上庭園』のこと。三番目は、一八八七年頃飯田町五丁目の尾崎紅葉宅で生まれた雑誌『我楽多《がらくた》文庫』のこと。そして最後が江戸末期にのちの飯田町二丁目に住んでいた滝沢馬琴の家の井戸のこと。

†馬琴の井戸

野田が飯田町（現在の飯田橋）界隈のことを書く時どうしてもこだわってしまうのは、その住居表示の変動のめまぐるしさであった。かつての飯田町一〜六丁目が半分以下の面積に縮められて一、二丁目となり（その後さらに飯田橋一〜四丁目となった）、それに連動して隣接する富士見町や九段も大きな影響を受けた。馬琴の井戸を求めて「焼けあとの電車通りを、九段中坂の下に出た」際も、「このあたりは昔の飯田町二丁目で今は九段一丁目である」と思わずにはいられない野田だったのである。

焼けあとの中坂は、付近の家が無くなって往昔さながらの広い坂道になった。小さなバラックが坂の両側に点々。その脇の九段坂にはこのあたりで一番に復興したノノミヤアパートの高層建築と、その上側の昔の偕行社だけが、ひどく立派にみえる。

馬琴の井戸はその中坂を下りて、九段の電車通りを横切って西神田の方へ渡る堀の手前の、右側の町屋の中程にある（現・九段北一―五）。

ここで野田が引用したのが明治の大物評論家・内田魯庵《ろあん》の古井戸訪問記で、なかでも野田が反応したのが「縦令高札《たといこうさつ》（案内板のこと——藤井注）を建てゝも何時此の貴い古井戸を埋めて了《しま》わないとも限らない」という一文だった。まさに野田が憂慮していたのがこのことだったのである。ともあれ井戸は「瓦屋さんの板囲いの中の、瓦置場の真中」でひとまず無事だった。そして、ここで得意の関係者インタビューとなる。相手は瓦屋の「五十恰好の人の好さそうな主婦」だった。しかも「頗《すこぶ》るおだやかで、愛嬌がある。私のひそかに恐れていた、よくある突慳貪な町家のおかみではない」。

この部分を『日本読書新聞』に載った最初の文章と比べると、この主婦を好印象で包み込む形容表現＝「人の好さそう」「愛嬌」「突慳貪……ではない」などはどれも単行本で追加されたものであることがわかる。だとすると例によってフィクションである可能性もないではないが、少なくとも、「この井戸だけは埋めないで」を守り続けてきた律儀な人柄とこの好印象とが釣り合っていたことだけはまちがいない。そうだとしたら、フィクションかどうかはもはや問題ではない。人柄と外見との整合性と、そしてなによりも面白さを追求して推敲を重ねる文章家・野田宇太郎がここにいることだけは確かなのだから。

†女学生とボール

好印象の主婦を前にして「少々ふざけて哄笑《こうしょう》するほど打溶け」た野田は、くれぐれも保存をよろしくとの言葉を残して電車通りにとって返し、中坂を登り始める。「すっかり焼けた坂の両側は、まだ家の建つ気配もなく閑散としている」。そこにバレーボールのボールが転がってくる。坂の上の方でわいわい騒いでいた女学生の一人がそれを追いかけてくる。この勢いだと電車通りを越えて馬琴の井戸のあたりまで転がっていくのではないかと心配した野田が「足元に転げて来たボールを捕え、その女学生に投げてやる」。

「馬琴の井戸のあたりまで」が笑いを誘うが、勝手な連想をふくらませるとしたら、そこにはいつのまにか「青い山脈」的世界がひろがっていたとは言えないだろうか。焼け跡のままか、復興の兆しか、が決定版で野田が町歩きする際の目のつけどころの一つであったわけだが、それを踏まえて言うなら、坂の両側は焼け跡でも、ここには明らかに復興の兆しが見て取れたのである。

この若々しい「復興の兆し」に、古色ゆかしき硯友社の発足が取り合わされるのだ。女学生は、専門学校（のち大学）が市川市に移転したあともここに残った和洋学園中学高校の学生だろうが、そのすぐ近くに硯友社発足の跡地があったのである（現・九段北一―一二一―三)。――「ここに、近代文学発祥地硯友社之跡とでもいうような立派な記念碑を建てたいものだ」(現在は立派な案内板がある――藤井注)。これに続いて、硯友社やその機関誌『我楽多文庫』の説明が入り、野田は次の目的地へと向かう。

和洋学園と暁星学園にはさまれた細い道を飯田橋方向に進むと右側に暁星《ぎようせい》小学校があり、さらに「そこの坂を下った丁度正面に、青井医院と云う古めかしいが瀟洒な洋風の医院がある」。当時は富士見町二丁目一四番地、かつては飯田町六丁目三番地の屋上庭園社の跡である。そこから『屋上庭園』が木下杢太郎《きのしたもくたろう》編集のパンの会の機関誌であったとの文学史的説明が入る。またこの医院はかつては長田秀雄・幹彦兄弟の父の営む長田医院で、その縁で発行所を引き受けたことも紹介される。一九三〇年発行の地図ではすでに青井医院に変わっており、震災後に建物も院長も変ったものと想像される(ちなみに戦災ではこの近辺は延焼を免れた)。

†決定版以降の麴町

このあと野田は東京大神宮前、警察病院前(富士見二―三。現在は中野に移転)、飯田橋駅牛込出口前を経て「神楽坂の焼けあとの町」へと向かうが、ここまでを本コース の前編として、これまでの部分が決定版以降ではどのように描かれていたかを見ておくことにしよう。

――『新東京文学散歩 続篇』（五三年）中の「「煤煙」の坂」は、決定版では中坂は硯友社の紹介だけだったので、森田草平の『煤煙』についても「語らねばならぬと思っ」て執筆したものであった。ただ、内容的には作品の詳しい紹介と文学史記述に終始しており、「この中坂こそは明治末年の社会心理や青年の情意を見事に摑んだ「煤煙」の坂であった」という、ネーミングの妙以外にはとりたてて言うべきところはない。

これに対して、『改稿東京文学散歩』（七一年）中の「麴町界隈」（「中坂上の文学史」「馬琴の井戸」「「屋上庭園」発行所」「「明星」創刊の地」「番町文人町」）は、何しろ二〇年も後の文章ということもあって新情報も少なくない。ただし、新情報が少ない節はかつての読者には重複が気になる。「中坂上の文学史」もネーミングの妙を除けば、硯友社や『煤煙』の文学史記述や作品紹介が詳しくなった程度だが、むしろ土地の変容ぶりについては教えられることが多い。「戦災後の乱雑な姿」こそなくなったものの、立ち並んだビルや商家のせいで「坂の町の情緒」がなくなり、「薄っぺらなコンクリートで固められた灰色の坂道」に過ぎなくなってしまったとか、そこからの眺めも、砲兵工廠の「煙突の煙のかわりに自動車の排気ガスが濛々《もうもう》と立ちこめるばかり」で「どこにも文学を感じさせるような静けさも落着きもみられな」くなったとか、野田の「虚しい思い」はつのるばかりだった。

「馬琴の井戸」も後日談の部分が興味深い。例の瓦を扱う工材店は健在で、今度は「小学生位の女の子」の案内でコンクリート製ながらもまわりを補強された井戸と再会し、「立派なとさえいえそうな保存振り」に感激している。ただし、この部分には追記があって、二年後の七一年五月にみたび訪れてみると、工材店はなくなり、板囲いの中に井戸だけが「ぽつんと立っていた」というのである。そうなると気になるのは現況だが、井戸は健在である。工材店の跡地には八〇年に九階建てのマンションが建てられ、その玄関横に半永久的な姿で鎮座している。

「馬琴の井戸」の節には新たな訪問地の記述もある。回覧雑誌『我楽多文庫』をここで出し始めた飯田町五丁目二三番地の紅葉の祖父荒木氏の家の跡である（現・飯田橋三―五）。「中坂上を硯友社運動の発祥地とすれば、ここは硯友社誕生の地であり、近代文学史をひもとく者にとっては忘れ難い場所である」。

†町名変更問題

「麴町界隈」の章全体がとにかく町名変更批判の趣きがあるが、とくに「『屋上庭園』発行所」の節はその傾向が顕著だ。

坂を上ると、そこはもう富士見町だと思ったら、新らしい地図を見ると、富士見一丁目とある。富士見町の町の字を略《はぶ》いて当世流に簡約したつもりらしいが、富士見では町名とも思えぬので、それを呼ぶときは必ず丁目までつけねば意味を成さない。先の飯田町の飯田橋化と同様、何だか少々智慧足らずで恥知らずな連中が勝手な町名変更をやったことが歴然としている。

「「屋上庭園」発行所」の節で野田が声を荒げたのもわかる気がする。旧・長田医院の住居表示が、飯田町六丁目三番地→富士見町二丁目一四番地→富士見一—五—一とめまぐるしく変わった（変えられた）からだ。「悪魔の業にひとしいいやな変り方である」とまで言っている。さてあの古風な洋館医院は一八年後どうなっていたかというと、名前こそ変わったものの、建物は健在で、医院であることも変わりなかった。母屋には青井名の茶道教室の看板すら確認でき、安堵した野田は「「屋上庭園」を中心とする明治末年の青春文学の虹に思いを残しながら、暁星学園から中坂上に通ずる坂道を、十八年前の思い出を辿るようにゆっくりと上って行った」。その現況だが、ここも馬琴の井戸同様、八四年に一〇階建てのマンションに建て替えられたものの、独特の五差路の交差点の様子に変わりはなく、そこから中坂上に通ずる坂道も同様。味わい深い道のひとつと言ってよい。

「「明星」創刊の地」は新たに書き加えられた節。『明星』発行所といえば有名なのは渋谷だが、一九〇〇年の創刊当時は上六番町《かみろくばんちょう》四五番地の林瀧野《たきの》（当時の与謝野鉄幹夫人）邸だったのである（現・三番町二二番地）。「『明星』創刊の地」は、その場所探しが中心のエッセイだ。野田訪問時その場所は東京家政学院の校地となっていたが、それ以前は大橋図書館が建っており、近くには大妻《おおつま》学院もあった。――「二つの女子の学院に囲まれたようになっているのが、せめてもの慰めだとも感じられた」。

「番町文人町」は、ひょっとすると「『屋上庭園』発行所」以上に住居表示変更にかみついたエッセイかもしれない。「番町の町名は現在も一番から六番までのこっているが、戦前と戦後ではその並び方や呼び方が大分変っている」として、その実際を詳しく整理している。決定版以来お馴染みの作家たちについても、旧住所と新住所を整理して書き出している。さらには町の様子も。すべて焼野原になっていた四五年の空襲直後の様子、決定版を書くための五一年の訪問時、そしてそれから一八年後（六九年三月）の今と、変化を事細かに書き出している。野田と言えば文学碑だが、あり過ぎるほどの現在とは違って六九年当時は、鏡花を例にとれば旧居跡に「例によって余りにも粗末な「泉鏡花居住地」の木札が立っている」に過ぎなかった。野田はここで「『この付近は明治以来の文人町にして前に有島家あり……近くには島崎藤村も住み』位の文章を加えるのが文学者を記念する礼儀ではあるまいか」とふんまんをぶちまけているが、それから五〇年余り、少なくとも碑や案内板のたぐいは野田の提言にそってずいぶん整備されたものだと思う。それでも、私としてはこれでよかったのかとの思いは禁じ得ない。さて野田さんが存命ならこれを見てはたして何と言うだろうか。

ここからはふたたび「その四」コースにもどって神楽坂・横寺町方面をめざすことになるが、その前に、歩き疲れて空腹を覚えた方のために一服できる場所をひとつお教えしよう。馬琴の井戸から一〇〇メートルほど離れた裏通りにある「膳」という手打ちそば屋だ（九段北一―一三―九）。昼時などの表通りの店がごった返す時でも、落ち着いて天ぷら・そば・つゆと三拍子そろった天ざるを手ごろな値段で食べられるのがありがたい。本章ではもう一カ所おすすめの店があるが、前編ではここだ。

†神楽坂へ

さて、神楽坂である。「神楽坂は戦争で最も無残に焼けて変った町の一つである。戦前までの、牛込銀座と云われたあの繁華な夜店の街を知る者にとっては、殊に無残の一語につきる」。「大正から昭和の平和な時代にかけて、この街ほど我々の日常生活に欠くことの出来ない街はなかった」。前述のように無名詩人時代にこのあたりに住んでいた野田にとって特にその思いは強かったようだ。「私にもひとたびは神楽坂ファンの時代があったので、今日のさびれ方はひとしお物悲しい」。

ともあれ、そんな私情は断ち切って、さっそく「牛込見付から坂へかかって直ぐ左の露路を折れた、泉鏡花の住居のあと」を探し始める。ただ、手がかりとした寺木《てらき》定芳《ていほう》の一九四〇年の文章からはその場所は探し当てられなかった（これに関しては『改稿東京文学散歩』で再挑戦しているので後述する）。わずかに寺木の言う「紀《き》の膳《ぜん》寿司」（「紀の善」が一般的――藤井注）が「紀の膳喫茶店」として復活しているのを確認できただけだった。やむを得ず野田は入ってきた路地をそのまままっすぐ進む。そこで思い出されたのが、東京理科大学の前身の物理学校をうたった北原白秋の詩「物理学校裏」だった。「物理学校裏の崖の上になっている神楽坂町《ママちょう》二丁目二十二番地」にあった白秋の家からの光景をうたった詩である。

「あたりは戦後復興の町であるが、物理学校は焼け残って戦前よりもむしろ立派になった位である。そのあたりまで歩いて白秋の家は何処だったかしらと調べると、私のすぐ前の崖上の新しい住宅の建っている場所が、そこだと判った」。物理学校が焼け残ったというのはまわりがほとんど焼失したので戦災焼失地図からは確認できなかったが、「白い建物」（啄木日記、一九〇八年一〇月二九日）という耐火建築のおかげでぽつんと焼け残ったのだろう。二二番地が崖上であるという説は『改稿東京文学散歩』でも繰り返しているが、あとで検討する。

そこからさらに先へと進む野田の前に「流石に」豪華に復活した待合街が姿をあらわす。「流石に、といっても余り愉快でない流石にではあるが」。野田の読者にはお馴染みの花街観である。もっとも野田はこうした場所を歩くのも「亦文学散歩の一要点である」とみずからを戒めている。樋口一葉の師・半井桃水《なからいとうすい》が「このあたりに自適していたから」というのがその理由だった。全焼した毘沙門天、神楽坂に遊んだ早稲田の文士たち、それらに思いをめぐらせながら、肴町《さかなまち》の電車通りを横切って、いよいよ野田は「今日の散歩の中心ともいえる横寺町へ道を曲った」。

†横寺町へ

「昭和十年の頃、しばらく私はこの横寺町に住んでいた」と切り出した野田は、思い出の飯塚酒場、貧乏画家たちの小林アパート（そこが島村抱月《しまむらほうげつ》と松井須磨子の芸術倶楽部の跡だった）、とめぐり歩く。「横町だけに復興も表通りより遅れて、まだ戦災の塵塚《ちりづか》が、道の片《かた》えにうず高く積まれて」いるというありさまだった。例の戦後復興の地域的偏りのミニチュア版である。焼け残り部分で飯塚酒場を続けていた青年に尋ねると、芸術倶楽部＝小林アパートの跡（現・横寺町九〜一一）はすぐ横だという。芸術倶楽部・抱月・須磨子をめぐる作家紹介に文学史記述、さらには相次いで亡くなった二人への哀悼の念。

須磨子ゆかりの「カチューシャ可愛や別れのつらさ」の哀調を帯びた歌が、「私の母の口から漏れ、いつのまにか、私の口に移っていた」「あのなつかしく物悲しい少年時代」が思い出されてくる。神楽坂編はとりわけ野田の私情に色濃く縁どられた章だが、それにしてもこんな部分を読むと、いったい文学散歩とはなんだったのかということを改めて思わざるをえない。もちろん非難しているのではなく、文学散歩というもののふところの深さとか、何でも盛り込める融通無碍さに触れた思いがするからである。

†紅葉への思い

「十千万堂跡」の節では先に紅葉の作家紹介やら文学史的説明やらをすませてから、横寺町の旧居跡（現・横寺町四七）を訪ねている。この時の野田は「胸をひどく波立たせ」ていたというが、それはこんな思いが心中にあったからだった。

　紅葉門の四天王も次々に逝った。世は変った。文学も変った。然し、尚人間紅葉、作家紅葉の面影は日と共にますます大きく今日の文学の上に被《か》ぶさっているのである。今度の戦争はそうした我々の先人のあとを無残に灰燼に帰せしめた。忘恩無頼の風潮はその灰の埃《ほこ》りのように我等の上に舞い下って、息苦しい日々がつづく。早く清澄な空気が吸いたい。

母の思い出とは性質こそちがうものの、「東京文学散歩」の中では異色の、私情が噴出した部分である。先走って言えば、こうした心理状態だったからこそ、これに続く関係者インタビューで多くの収穫を手にすることができたのかもしれない。

野田がインタビューを試みたのは、「鳥居さん」という、かつての紅葉の大家の未亡人だった。老婦人の思い出は、門の脇にあった柳のこと、今は別の家の下になってしまったもう一本の柳と掘井戸のこと、玄関わきにあった三本のモチの木のこと（畑の土を手の汚れもかまわずに取り除くと径三寸ほどの焼けた根株があらわれた）、と止まるところを知らなかった。「よく、まあ大切に保存されてますね」と野田、「えゝ、やはり紅葉さんの形見ですから……」と婦人。さらには、敷地や屋敷の規模、崖下の弟子たちの塾のことと、夫人の話は続く。「私は老婦人の話を感銘をもってきいた」。

極め付きは、襖の張り替えの際に出てきた紅葉の俳句の下書きを使った襖の下張りと、紅葉遺族から香典返しに贈られた記念写真帳だった。「六十年」も前のものが大切に保存されていたのである。「玄関でお茶を振舞われながら」さらに「ぽつぽつと聞」く。西隣りに住んでいた紅葉の祖父のこと、露伴もやっていた写真器いじりのこと、弟子たちと息抜きにした「ネッキ打ち」のことなど。

「戦争で焼けてしまったのは何とも惜しいことですが、その後どなたか此処をたずねて来た人はありませんか」と野田、「あれから一人も……」と淋しそうに口をつぐむ婦人。

「「ここは何とか保存して置き度いものですね、お宅としては大変なことでしょうが、何とか公けの力ででも是非。……」と私はいった」。——野田のこの願いは目下のところ無事かなえられている。樹木の多い庭や崖下との関係などはほぼかつてのままと思われ、開発の波は今のところここまでは及んでいないようである。

†赤城神社

横寺町をあとにした野田は、このあと本コースのゴール地点である赤城神社へと向かう。神楽坂通りに戻って左に曲がってすぐのところだ。もっとも、「惨憺たる焼けあと」という表現からも想像されるように、「大きな石碑は戦火に焼けて中途から折れたまま」だし、「大きな石灯籠も火のためにぼろぼろに痛んでいる」という有様だった。ただし、神殿のうしろの高台からの眺めは「素晴らしい」ものだった。——「早稲田から音羽、小日向台方面の焼けあとに、ともかく一応立ち並んだ貧弱な町々がパノラマとなってこの一点（台座の上に立った野田の目——藤井注）にとびこんでくる。その中央正面の、かなり緑のみえる森の中の、緑青《ろくしょう》のあざやかな屋根瓦は護国寺の本堂である」。

境内の奥にあった貸席（のちには下宿屋）と、そこに出入りした早稲田派の青年たちのエピソード、野田が敬愛する白秋のこと、そんなこんなを思い出しながら「石段を赤城下町へと降り」る。矢来町《やらいちょう》周辺は、新潮社の移転以来、多くの文学青年や作家たちが集まってきた文学の聖地だったのである。

†鏡花・白秋の旧居

決定版「その四」コース自体はこのあとも早稲田方面へとまだまだ続くが、本コースを終えるにあたって、神楽坂・横寺町地域が決定版以降でどのように描かれていたかを見ておくことにしよう。といっても今回は、『改稿東京文学散歩』中の「牛込界隈」（「神楽坂」「鏡花新婚の地」「白秋と「物理学校裏」」「横寺町」「紅葉十千万堂跡」「赤城の丘」）一章のみである。それも、節のタイトルを見てもわかるように、決定版との重複も多く、新規部分も作家・作品紹介や文学史記述、さらには地誌や歴史などの補足がほとんどである。したがって、まずは決定版で宿題となっていた鏡花と白秋の旧居問題がどう処理されていたかをみてみよう。

前者について言うと、寺木の同じ文章を引いたうえで、今回は、進んだ方向が右か左かに「間違い」があるのではないかと言っている。この寺木定芳の一九四〇年の文章というのが出典が示されていないので確かめられないのだが、寺木のもっとも知られている書物である『人、泉鏡花』(四三年)では、「牛込見付から神楽坂へだら〳〵と五、六間登ると、すぐ左手に細い横町がある。其処を左へ折れて又五六間、表通の坂と平行に右手へ曲って少し登ると、すぐ左手にあった」とあって、これは現在「泉鏡花・北原白秋旧居跡」という石柱と案内板が立っている場所(現・神楽坂二―二二)に相当するので、特に問題はないように思われる。

もう一つの白秋の旧居跡のほうだが、野田は決定版でも『改稿東京文学散歩』でも「崖の上」と言っており、しかも後者では、このようにまとめている。――「わたくしは……東京理科大学裏手の、昔ながらの崖の中程の小径に立った。そこは現在は神楽坂二丁目二一番地だが、以前の神楽坂町《ママ》二丁目二二番地で、北原白秋が約一年間を住んだ家の跡の、ほぼ真下に当る。今も物理学校ならぬ理科大学を見下ろす位置の崖の上には、二階建の民家が見える」。

地図の復刻とかも十分でなく、資料も揃わない時代のことなので無理もないのだが、前述の案内板や私が調べたところと突き合わせると、いくつかの疑問が出てくる。まず、両者の年譜では住所はいずれも神楽町二丁目二二番地となっており、住所表示自体も二二番地が二一番地に変更になったというような事実はなかった。それに野田が言うように、白秋旧居が二二番地を見下ろす崖の上にあったとすれば、そこは同番地ではないことになってしまう。あと「崖の中程の小径」というのもわかりにくい。案内板のある区画の前の道を指すとしたら、そこは道なので番地はないし。

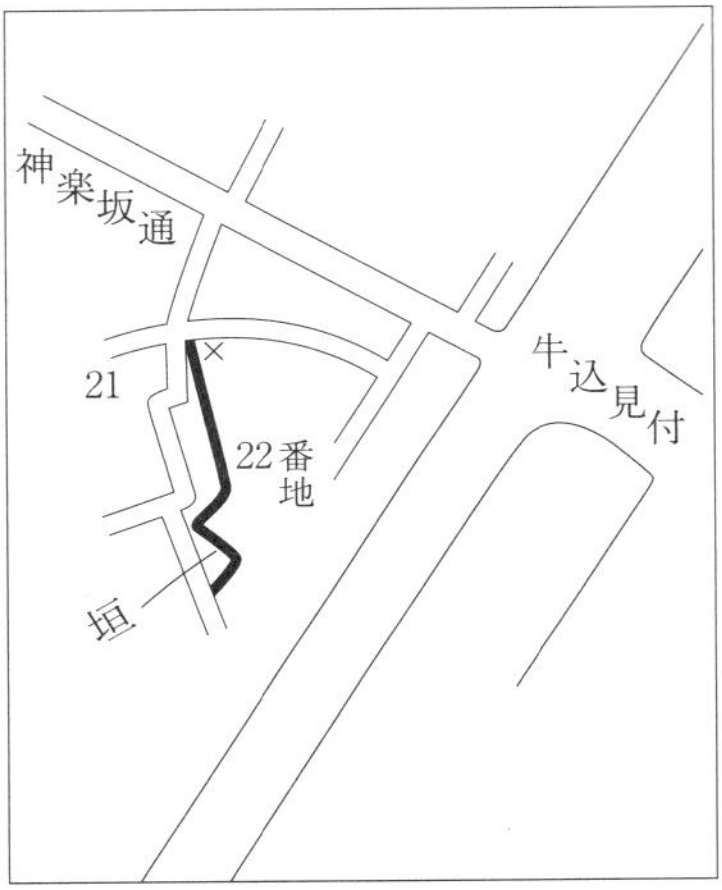

鏡花・白秋旧居跡

私が調べた限りでは、かつての神楽町二丁目二二番地は今は神楽坂二丁目二二番地であり、その西側の高台が二一番地というのも変わっていない。明治後期の地形図によると、二一番地は二二番地に対して崖上の位置にあり、崖部分は地崩れ防止の処理がされた牆《かき》が続いていたことがわかる。ただ、二二番地も二一番地に対しては崖下でも、二二番地全体はかなり広く、崖と反対の東側に向けて傾斜していた。そういう意味では、崖の直下の二二番地部分は、他の二二番地に対しては高所にあったわけで、鏡花や白秋関連の追想に出てくる物理学校を見下ろすというような表現も、決して不自然なものではなかったのである。

†湯上がりの若い女

「紅葉十千万堂跡」の節では、ただ一点、あの老婦人が「さすがに頭髪はうすくなり白いものもふえているが、依然として元気で、久しぶりに訪れたわたくしを、快く迎えてくれた」ことだけを書き添えておこう。最終節の「赤城の丘」も目新しい部分は少ない。今回も神社から西へ石段を下りて赤城下町方面へ向かう野田だが(神楽坂通りに出るところが本コースの終点の地下鉄東西線の神楽坂駅だ)、その前に、いかにも野田好みの独特な地理空間にわれわれは誘い込まれることになる。

赤城の丘から赤城下町へ、急な石段を下りてゆくと、いきなり谷間のような坂道の十字路に出た。そこから右へだらだらと坂が下り、左は曲折をもつ上り坂となる。わたくしは左の上り坂を辿って矢来町ぞいの道を右へ折れた。左は崖上、右の崖下には赤城下町がひろがっている。崖下の小路の銭湯から、湯上りの若い女が一人、赤い容器に入れた洗面道具を小腋《こわき》に抱いて、ことことと石段を上って来たかと思うと、そのままわたくしの前を春風に吹かれながらさも快げに歩き、すぐ近くの、崖下の小さいアパートの中に姿を消した。

ここに出てくる「左の上り坂」と「右へ折れた」その先の道とは、かつてはつながっておらず、距離にして二〇メートルほどの一区画分の道でつながれたのは、戦後と思われる。で、それはいいのだが、気になるのは「左は崖上、右の崖下」という表現である。この道は、例えていいえばなだらかな坂の中腹を真横に突っ切っているような道で、確かに左側は坂上に、右側は坂下に向かっているが、崖上・崖下と言うほどの急峻さはない。

それでは、なぜ道の左右を「左は崖上、右の崖下には赤城下町がひろがっている」などとあえて書いたのか。——私が連想するのは、たとえば歌舞伎の花道のような、重要人物がそこを通る場所としての道、のイメージである。もうおわかりいただけたと思う。ここは「湯上りの若い女」が通るための〈花道〉だったのではないだろうか。そもそもこの若い女だが、私などは、すぐ、〈フィクションでは？　癖〉が頭をもたげるのだけれど、フィクションでないとしたら、こんなにうまい具合に、単調になりがちな散歩記に彩りを与えてくれるカモが現れる、などということがありうるだろうか。そのうえに、効果倍増の〈花道〉である。もちろん真偽は確かめようがないが、どちらにしろ、花道を歩く若い女、という一点景の挿入によって全体が格段に引き立ったことだけはまちがいない。

蛇足だが、フィクションかどうかに関しては、実は野田自身によってヒントらしきものが与えられていたことを書き添えておきたい。先の引用文のあとに、野田はこんな一文を付け足していたのである。——「赤城の丘ではかなく消えていたモンマルトルの思い出が、また何となくよみがえる一瞬でもあった」。これは、昨秋歩いたモンマルトルの丘と似た場所の一つとして赤城神社を思い描いていたが、実際に再訪してみて失望した、という趣旨のことが前段に書かれており、それが「湯上りの若い女」の出現によってモンマルトルの思い出が一瞬復活した、と言っているのである。一瞬のよみがえりの部分に、女のフィクション性が暗示されていたととれるのではないかと思うのだが、どうだろうか。

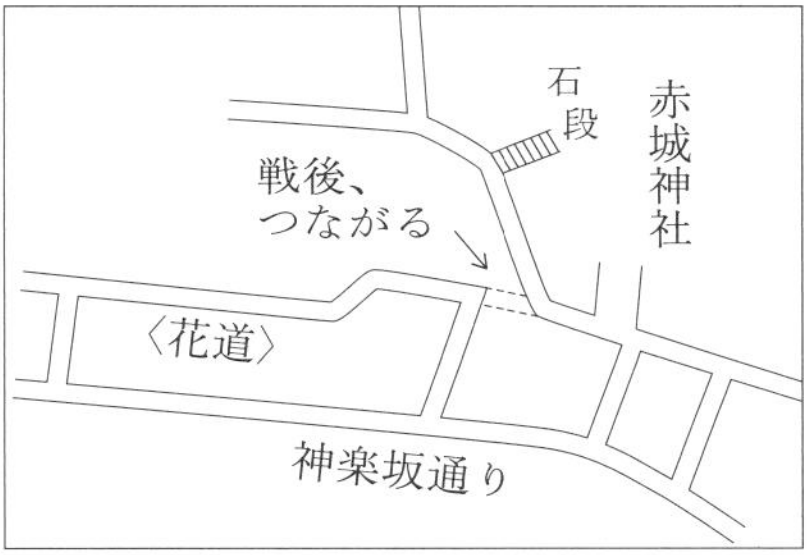

女の〈花道〉

最後に後編のおすすめ店の紹介。鏡花旧居跡そばの中国菜・膳楽房《ぜんらくぼう》（神楽坂一―一一―八）が意欲的なメニューを揃えていて楽しい。いまはやりのモダン中華の店なので、ありきたりのものではなく、ちょっと変わったものを頼んでみるのもおもしろいかもしれない。それと、大事なことをもう一つ。やはり鏡花旧居跡そばの「紀の膳喫茶店」、残念ながら二〇二二年に閉店していたことをお知らせしておこう。

第四章
日本橋川沿いを歩く

†今回のコース

今回はいくつもの橋をめぐるコースだ。それも、日本橋川に架かった橋を中心として。具体的に言うと、今はなくなってしまったけれども、東京駅の八重洲中央口を出たところの外堀に架かっていた八重洲橋を出発点として、一石《いっこく》橋、日本橋、江戸橋等を経て、ややマイナーな荒布《あらめ》橋、小網《こあみ》橋（思案橋）、鎧《よろい》橋、さらには霊岸《れいがん》橋、湊橋などへと至るコースだ。もっとも荒布橋をはじめとして、すでになくなってしまった橋も多いけれども。仮に北方向と南方向に寄り道をせずに日本橋川を下るだけだと二キロメートル弱しかない。ただ、実際は北側の人形町・本町《ほんちよう》通り、南側の茅場町《かやばちよう》通りから新川・越前堀方面も範囲に含まれるので、そうなると三、四キロにはなるかもしれない。でも、どちらにしろ、あまり時間がない時の散歩コースにおすすめであることに変わりはない。

野田の歩いたコースに置き直すと、決定版『新東京文学散歩 増補訂正版』(一九五二年)の「その二 日本橋・両国・浅草・深川・築地」中の「八重洲橋」「水の都」という二つの節がこの範囲のかなりの部分をカバーしている。これだけだと、文庫本で一三ページ分ほどしかないが、実は野田はこれを大幅に増補して、「日本橋川のほとり」「日本橋北部」というタイトルで、東京文学散歩第二巻『下町 上巻』(五八年)に収めている(日本橋川沿い部分だけで一一〇ページ以上ある)。そして最初の日本橋川沿い歩きからほぼ二〇年後の『改稿東京文学散歩』(七一年)でも、「丸ノ内」という章の「東京駅と木下杢太郎」という節で、八重洲橋に再挑戦している。そんなこんなで、距離は短いけれども、けっこう盛りだくさんの散歩になるのではないかと思い、こんなコースを設定したというわけだ。

「その二」コースの真ん中あたりは、第一章「浅草から向島へ」にあたるから、決行日はそれと同じ一九五一年一月初めのある日、ということになる(それにしても、「その二」コースは本書では三つのコースに分割されてしまっている。私としては理由あってのことと思っているけれども)。

野田は『日本読書新聞』での連載の時から、どの章でもその章の町歩きの動機やら方針やらを明らかにした前文を書いている。連載時には「大川端」というタイトルがついていた「その二」コースの場合も例外ではなく、むしろ、ざっと見た感じでは一番長い前文がついている。他の章の二倍か、一・五倍もの分量だ。ただ、そこでは、もっぱらパンの会のことを中心に書いている。

パンの会については本書中でも何度か触れているが、一般にはもちろん、文学史的にもあまり知られていない文学運動なので、ここでもこの前文中の言葉を借りて紹介しておくと、「明治末年の隅田川筋の下町を中心に繰りひろげられ」た芸術運動で、「日本耽美主義芸術」や「都会情調文学」の母胎となった。メンバーとしては「初め石井柏亭《はくてい》、山本鼎《かなえ》、森田恒友《つねとも》等の美術雑誌「方寸《ほうすん》」と「明星」に育った木下杢太郎、北原白秋、吉井勇などを中心とする詩人画家の談話会として起り、やがて「スバル」「新思潮」「三田文学」「白樺」などの現代文学の青春期を形成した青年芸術家たちの拠りどころとなった」。

†水と橋の都

以上が前文中のパンの会の紹介だが、確かに「その二」コースの半分くらいはパンの会がらみなので、前文がパンの会中心になっても文句は言えないが、いっぽうで、「その二」コースには、浅草もあれば、本章で取り上げる日本橋川沿いもある。前文ほどにはパンの会一色というわけではないのである。そこで、本書ではパンの会については別の章でまとめ、それとは別に、浅草中心の章と日本橋川中心の章をおくことにした。で、日本橋川中心の本章としては、前文中で注目したいのはその冒頭部分のみ、ということになる。

東京は坂と水と、水に架かる橋の都と云うことが出来る。坂は山ノ手の風景で概して散文的であるが、水と橋とは概して韻文的で下町の情調を形造っている。これを近代文学の性格の中に求めてみると、山ノ手に自然主義が興り、下町に芸術至上主義が興ったことを先ず指摘せねばならない。

鏡花の「日本橋」、荷風の「すみだ川」、小山内薫の「大川端」など何《いず》れも大川端がその主題の裏付けとなっている。

†八重洲橋

野田の前文はこれを導入として、前掲のパンの会の紹介に進んでいるが、〈日本橋川沿い〉を中心にみていきたい本章が注目するのは、東京は水と橋の都、という指摘のほうである。「水の都」というのはしばしば聞く言葉だが、ここではそれに橋が加わっている。そもそも、「その二」の第一節の主役が橋であり、「八重洲橋」と題されていたのである。

私の前には戦後しばらくその姿をみせていて今は既に毀されてしまった八重洲橋の

残骸が、みるも無残にその傷痕を曇天のもとに晒している。二年前までは水を湛えて如何にも東京らしく街中に情調を添えていた外濠に架った石橋である。九段下の牛ケ淵から錦町河岸、鎌倉河岸、常盤橋、呉服橋を経てこの八重洲橋を潜り、鍛冶《かじ》橋から有楽橋、数寄屋橋、土橋と、東京の生活者にとって忘れ難い橋の名を数えて、新橋方面へと通じている、あの外濠も、何時出来上るとも知れぬ新東京駅建設のためとかで、今は戦禍のあとの塵芥で、埋められつつあるのである。そのために、八重洲橋は全くの無用の長物となったが、どうしたわけか三分の一程の橋の一部を名残りのように留めたまま、その残った部分には粗末な木柵がしつらえられ、木柵の下は塵芥の捨て場となっていて不潔この上もない。

うっかりすると、戦争で破壊された……と早とちりしかねないが、実は八重洲橋は「巌丈な石と鉄との橋」（『改稿東京文学散歩』）だったおかげで戦火にもたえて、五一年一月の「二年前までは」水を湛えた外堀に以前と変わりなく架かっていたのである。それが「何時出来上るとも知れぬ新東京駅建設のためとかで」外堀が埋められ（それも「戦禍のあとの塵芥」で）、その結果「無用の長物」となった橋も半ば以上が壊される結果となってしまったのだ。

ここから野田の筆は一転して猛烈な行政批判となる。というのも、そもそもこの八重洲橋は、野田の「心の師」(「東京駅と木下杢太郎」『改稿東京文学散歩』)ともいうべき木下杢太郎が精魂傾けたものだったからである。医学者であり文学者でもある杢太郎と橋とはいっけん関係なさそうだが、震災後に芸術家たちを中心として「復興の緒についた新東京の橋を守り育てる」目的で「橋の会」なるものが結成され、一九二四年に留学から帰って来たばかりの杢太郎もこれに参加した。他方、東京市長・後藤新平のもとで復興局橋梁局長の職にあった杢太郎の兄・太田円蔵を中心として、市当局も一般識者にアイディアを求めたことから、杢太郎の案が採用されるに至ったのだった(二五年)。——「杢太郎の八重洲橋デザインはスペインの古建築の模様に江戸的様式をアレンジしたもので、斬新にして堅実であり、当時の新聞にも詩人学者の設計になる新しい橋の出現として、新東京の出発を祝福した記事が掲げられた」。

余談だが、この事実を知って私が痛感させられるのは、当時の学問とか芸術の横断的というか垣根のなさというか、何とも明朗な自由闊達さである。たとえば寺田寅彦の文学と科学をまたにかけた、それも庶民や社会に寄り添ったマルチな活躍ぶりが想起されるが、そんな時代精神がこの八重洲橋にも流れ込んでいたのだろうか。

だからこそ、それが粗略な扱いを受けた時には反発せずにはいられなかったのだ。決して「師」の関わった橋というだけではない。戦前の学問と芸術の自由闊達さが冒瀆されたことへの怒りが野田の中で渦巻いていたのである。――「この八重洲橋に限ったことではないが、戦後復興に際しては市民はおろか、一般識者にさえも何らの相談もなく東京はどしどし方便的に改悪される。この橋が毀されはじめたのは忘れもしない昭和二十三年の夏であるが、私はたまたまその頃杢太郎の八重洲橋設計図をその遺宅で調べていたので、この橋の心なき破壊的建設法に対しては実に腹が立ったのである」。「八重洲橋には杢太郎のユマニスム（ヒューマニズム――藤井注）がにじみついている。そのユマニスムもこうして簡単にふみにじられるのが、今日の日本の真実であろうか」。

†「東京駅と木下杢太郎」

ところで二〇年後、野田はほぼこれと同趣旨のことを『改稿東京文学散歩』中の「東京駅と木下杢太郎」のなかでも述べている。ただし、ここではタイトルにもあるように、東京駅の歴史と、その中にあったステーションホテルと木下杢太郎との関わりの紹介とが増補されている。日本を離れていた「大正五年から七年までの僅かな間にも「何だって二年前と今と、こんなに万事が変ってるんだい」と叫びたくなるほどの東京の変りようであった。それを杢太郎に教えたのはステーション・ホテル七十一号室の窓である」。

野田は、杢太郎がホテルの窓から見ていた「繁雑なる市街の屋根の海」(杢太郎『食後の唄』自序)とは、「多分西側の東京駅正面丸ノ内の方でなく、東側の八重洲河岸から外濠をこして眺めた日本橋や京橋側の、打ちつづく大江戸以来の屋根の海であったろう」と想像している。それが、のちに八重洲橋のデザインへと結実したのではないかとみているのである。

「東京駅と木下杢太郎」は、決定版同様、こうした杢太郎の思いが戦後、橋の破壊というかたちで無残にも踏みにじられた経緯を紹介しているが、同時にそれから二〇年経ってもまだ止まない東京駅周辺の喧騒を描き出してもいる。〈時代の証言者〉としての「東京文学散歩」である。

東京駅前広場は今や盛んに地下駅拡張工事が進行中で、工事場の囲いが屏風のように立っている。工事は仕方がないが、戦争以来二十数年、東京の瓦礫と工事の雑音に眼と耳と精神までも痛めつづけられている者にとっては、またかと怒り出したい光景である。東京はたしかに狂っている。

二〇年後のことはこれくらいにして、肝心の五一年の決定版のほうにもどると、見てきたような怒りを前面に押し出した「八重洲橋」という節は「東京文学散歩」のなかではどうみても異色だ。ただ、何度も言うように、文学散歩という容れものには何でも入れることができるので、何かを前提とした「異色」という言い方自体がそもそも不適切なのかもしれない。ともあれ、「その二」コースは「八重洲橋」以降でやっと本来の「文学散歩」調に戻る。次は外堀通りを北に五〇〇メートルほど行ったところにある一石橋である(「水の都」)。

†一石橋

一石橋は「その橋の左袂に日本で最も古く完全だと云う江戸時代の「まよひごのしるべ」の石柱が建っているが、今は荒れはててふりかえる人もいない」。目の前には日本銀行をはじめとして金融界を代表する石造の建物が「巨大な要塞」のように聳えている。

一石橋をすぎてすぐ右に折れる。この橋を潜った水は日本橋、江戸橋、鎧橋などの著名な橋をすぎ、豊海橋《とよみばし》から隅田川に注ぐのであるが、この水の香豊かな川筋が日本橋川である。川の両側は倉庫会社、大問屋、魚河岸など、江戸の昔から街区の中心をなす繁華な地域である。

早くも橋尽くしのオンパレードだが、こうした、一筆書きで全体を浮かび上がらせる描写力は野田ならではのものと言っていい。次いで野田は、こんどは川の描写を、やはり見事な一筆書きでやってのける。ここも、野田自身の文章をそのまま紹介しよう。

日本橋川は日本第一橋と云われた日本橋から東都循環大路として震災後に作られた昭和通りに架かる江戸橋を潜ると急に川幅を湖水のように拡げて、次第に右へと曲折してゆく。その江戸橋の右岸に大きな腹をふくらましたように三菱倉庫のビルが半円形の弓成りに突き出ている。その脇から兜《かぶと》橋を潜り、次の海運橋を潜る運河が今も兜町から京橋方面へと伸びている。東京のウォール街と云われる兜橋海運橋の界隈は石造の建物が多かったので戦災の被害はすくない。(中略)

兜橋の対岸は小網町であるが、このあたりが最も日本橋川の広い部分で、弧を描いた丁度その頂点に当るところから、昔は平行した二本の運河が、日本橋一帯の問屋街の動脈をなすように街中へ伸び、その終点が所謂、堀留《ほりどめ》であった。その二本の内の一本は震災以来早くもその姿を失ったが、その運河の入口に架かっていた荒布橋の名を私は忘れることが出来ない。

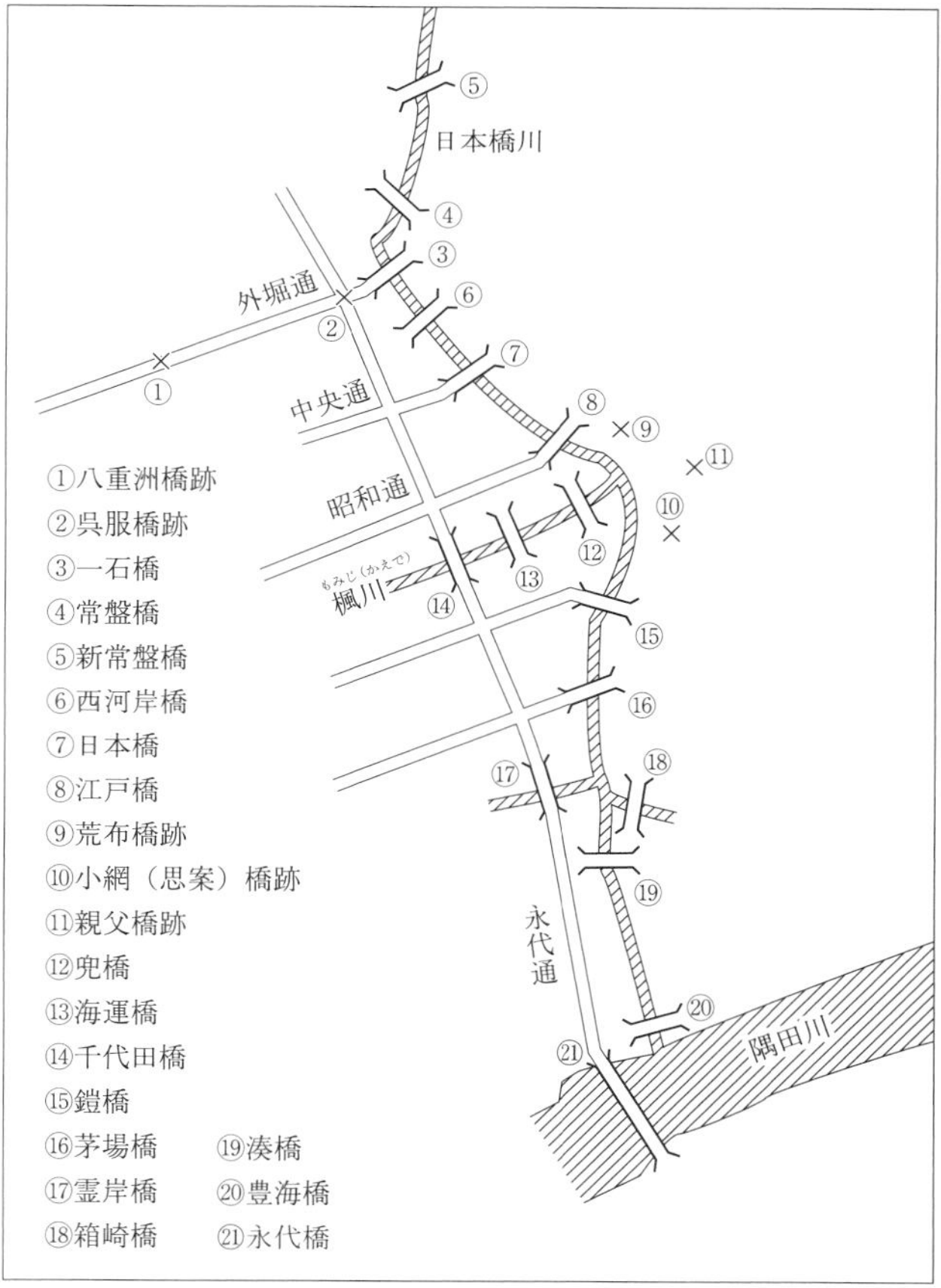
日本橋川
外堀通
中央通
昭和通
楓《もみじ（かえで）》川
永代通
隅田川
①八重洲橋跡
②呉服橋跡
③一石橋
④常盤橋
⑤新常盤橋
⑥西河岸橋
⑦日本橋
⑧江戸橋
⑨荒布橋跡
⑩小網（思案）橋跡
⑪親父橋跡
⑫兜橋
⑬海運橋
⑭千代田橋
⑮鎧橋
⑯茅場橋
⑰霊岸橋
⑱箱崎橋
⑲湊橋
⑳豊海橋
㉑永代橋

日本橋川沿いの諸橋

長い引用になったが、野田自身の文章を引いた理由がよくおわかりいただけたと思う。それほど簡にして要を得た一筆書きであり、見事な文章なのである。道順ならぬ川順はもちろんのこと、川沿いの風景やら雰囲気までもを浮かび上がらせる迫真の描写である。

†『荒布橋』

さて、「荒布橋の名を忘れることが出来ない」のはなぜか。そこが「明治末年の耽美派詩人の生活」の場であり、その第一人者である木下杢太郎のデビュー作『荒布橋』(〇九年)の舞台となった場所だからである。まずは荒布橋自体の説明だ。——そこは、川をさかのぼって貨物や食料品を周辺の倉庫や問屋に荷揚げした船の船頭や人足たちが縄のれんなどで「一夜の歓」をむさぼる休憩地点だったのである。

杢太郎の『荒布橋』はそこを舞台として、煩悶青年の「予」が縄のれんで行きずりの人足や老人に酒をおごりつつ彼らの人生や人情に触れていく話である。——「それは又「江戸橋の向うに一列の赤い倉庫が火のように燃えて居る」夕方の陽射しの時刻の荒布橋上からの日本橋風景から始まっている。今は赤い煉瓦の倉庫はみられないが、はるかに近代的なビルが並び、日本橋際の進駐軍のリバー・ビュウ・ホテルが赤黒い化粧煉瓦の大きな姿で聳えてみえる」。

明治末年の作中の風景と現実の五一年の風景とをダブらせるという「文学散歩」ならではの描写であり、醍醐味である。『荒布橋』ではこのあと「横浜から三菱の倉庫へ石油と砂糖とを運ぶ船がごちゃごちゃと」とあり、これは現在でも江戸橋の袂に往時の建物を一部に残しながら堂々たる姿を見せている三菱倉庫のことである。

ここまでは日本橋川沿いをいわば鳥瞰した表現だったが、このあと野田は「一石橋から日本橋川の室町岸に沿って」歩き出す。「元魚河岸の、今は焼け跡に建ち並んだ安普請の海産物屋や小料理店などの街筋を歩いて、その左側の室町の一角となっている昔の安針町に、三浦按針《あんじん》（ウヰリアム・アダムス）の屋敷あとの、今は人々に忘れられて見るかげもない記念碑（現・日本橋室町一―一〇―九）の前をすぎて昭和通りに出て、その通りに架った江戸橋の袂から左へ折れて荒布橋の跡と覚しき一点に来た」。そこは人形町方面からと小網町方面から来た道が合流する地点で、富士銀行小舟町《こぶなちょう》支店（現・みずほ銀行小舟町支店）がある前の「河岸」であると野田は書いている。

そこからさらに川下に向かうと、平行した二本の運河のうち震災後も生きながらえていたもう一本の運河（東堀留川）の入口の跡があった。「つい去年まで小網橋のあった所で、今はこの川も戦争の塵芥によって埋め立てられて、橋の形だけが僅に残されて」いた。ここも八重洲橋と似たような境遇におかれていたのである。——「この小網橋は明治以前から思案橋と云って人々に親しまれて来た。その次に親父橋と云うのが最近まであったが、これも運河の埋め立てと共に永遠にその影を失ってしまった」。

八重洲橋の残骸の場合もそうだったが、荒布橋、小網橋（思案橋）、そして親父橋と、失われつつあるもの、あるいは失われたものへの野田の哀惜の念はひときわ強い。——「私は無量の想いを抱いて小網橋の埋め立てられた川口の跡に降りてみた。昨日、雪を降らした空模様は、今日もどんよりとして晴れない。時々氷雨がぱらぱらと降り、寒風が水の面を渡って頬を搏つ。水際に佇《た》った私の前は、一帯の濁り立った湖のような日本橋川である」。

†鎧橋

ここで「自然に私の脳裏に浮んだ」のが、蒲原有明《かんばらありあけ》の「朝なり」（〇五年）という日本橋川沿いをうたった文語詩であった。さらにその「私」の前を「船いっぱいにうず高い塵芥」を積んだ塵芥船が一艘通り過ぎてゆく。その前方には、「古風な明治情調を今もそのままとどめている鎧橋の竪琴のような感じの鉄橋が黒く画然と曇天の一角を切っている」。

一八八八年架橋の鎧橋は、すでに都電も通らない廃橋となっており、取り壊しを待っていた。またしても失われつつあるもの、である。この橋の北側の袂近くには「東京最初のハイカラなバー」である「メーゾン・鴻の巣」があり（現・日本橋小網町九）、かつてはパンの会の会員たちがたむろしていた。そしてここで野田の自作の詩「鎧橋」（四八年）が引用され、その時もそれから二年以上経った今も「廃橋の状態」が続いているのは「幸い」だと、複雑な胸の内が明かされる（五五年九月刊の『東京文学散歩の手帖』中に「最近遂に姿を消した鎧橋」とある。再建されたのは五七年）。

ここで日本橋川沿いを去るにあたって、前掲の前文冒頭に対応する文章が置かれている。——「この水の香豊かな日本橋川の一帯は、近代都市東京が設計された折、南欧の水の都ベネチヤの風情を、市街美として取り入れたものだと云う。まことに東京の「水の都」である」。

この「水の都」の節はこのあと、「鎧橋の向う側は蠣殻町《かきがらちょう》、その横が水天宮である」として、強引に谷崎潤一郎を挿入して終わっている。実は谷崎は、『日本読書新聞』の連載では、この「その二」コースの終盤の「永代橋」の節の最後に「私はふと谷崎潤一郎がこのあたりの生れで、『少年』という小説によると蠣殻町二丁目に少年時代をすごして」とさらに強引に挿入されており、どうしてそういうことになったのか私にもわからない。永代橋の近くは名作『刺青《しせい》』の舞台ではあっても、生誕地ではないからである。そういう意味では、無理やり感はあっても、鎧橋→蠣殻町→谷崎のほうがまだ、流れとしては受け入れられる。

✝決定版以降

ここからは、決定版以降に日本橋川沿いがどのように言及されていたかをざっと見ていくことにしよう。すでに『改稿東京文学散歩』（七一年）の「東京駅と木下杢太郎」は紹介したので、残るは、東京文学散歩第二巻『下町 上巻』（五八年）中の「日本橋川のほとり」「日本橋北部」という二つの章だけだ。もっとも、小さなものでは、それ以前に『毎日新聞』での連載「東京文学散歩《ところどころ》」（五二年六月八日〜一一月二三日、全一八回）と、それを増補した『アルバム東京文学散歩』（五四年）もある。

「東京文学散歩《ところどころ》」は一回分が一二〇〇字程度のコラム風のものだが、その第一回で江戸橋近くの小網町を取り上げているのである（「小網町河岸」）。決定版と比べて特に目新しいところはないが、川幅が江戸橋あたりから川下にかけてぐっと左岸寄りにふくらんで湖水のように広がっているとか、まだ橋の形だけは残っている小網橋から川下を見ると「まさに墜ちんとしてようやく耐えているような」鎧橋の廃橋が「古色蒼然と傾きながら架っている」のが見えたり、とかいった具象的で生々しい描写が印象に残る。そして前者を「このあたりは今でも水上都市の感じのする場所である」と言い、後者を「今でも何か情緒が湧く。東京の水はいいなあ、と思う」と評したりしている。野田がここまであけすけに自らの好みを口にするのも珍しい。「東京文学散歩」の第一回として取り上げたところにもそうした思いの深さをうかがうことができるかもしれない。

†「日本橋川のほとり」「日本橋北部」

さて、決定版から七年後に刊行された東京文学散歩第二巻『下町 上巻』では、日本橋川沿いはどのように描かれていただろうか。「日本橋川のほとり」と「日本橋北部」の二つがこれに関係する章だが、最初にそれぞれに収録された節名を掲げておこう。「日本橋川のほとり」＝「京橋通りと「東京の三十年」」、「丸善の思い出」、「日本橋にて」、「泉鏡花の「日本橋」界隈」、「一石橋」、「魚河岸」、「按針碑」、「江戸橋と荒布橋」、「「朝なり」」、「小網町河岸」、「海運橋にて」、「「河明り」の街」、「新川と越前堀と」、そして「日本橋北部」＝「谷崎潤一郎のふるさと」、「谷崎活版所」、「人形町から親父橋まで」、「瓢箪新道と「パンの会」」、「本町通りの詩と詩人たち」、の計一八編である。

節名だけでも内容がある程度見当がつき、決定版との重複も予想できるが、このなかで日本橋川沿いという本章の趣旨からはずれるのは、「京橋通りと「東京の三十年」」「丸善の思い出」の二編だけで、その他は何らかのかたちで日本橋川とつながっている。そのなかには新規のテーマへの挑戦もあれば、既存のテーマの増補もあるが、以下では六五年後（！）の現況紹介もまじえながら、五八年に野田の歩いた日本橋川沿いを辿ってみたい。

決定版では野田は八重洲橋を出発して一石橋からは日本橋川沿いをほぼまっすぐに歩いて水天宮にたどりついているが、「日本橋川のほとり」「日本橋北部」では、同じ橋を何度も行ったり来たりして、考えを練り直したり、掘り下げたりしている。

†五八年のコース

まず、辿ったコースを簡単に記しておこう。時期は五八年の晩夏から初秋にかけて、スタート地点は日本橋交差点だ。そこから日本橋まで行き、次いで日本橋川の南側（西河岸）を西へ向かい、一石橋へ。次は日本橋川の北側を日本橋の袂の旧・魚河岸へ。次いで魚河岸と平行した按針通りへ。そこから江戸橋の袂を通り過ぎて荒布橋跡へ。次いで小舟町・小網町を通り小網橋（思案橋）跡へ。そのすぐそばが鎧橋だ。鎧橋を渡り、日本橋川南岸を少し川上に行くと、楓川《もみじがわ》に架かる兜橋となる。その楓川を先へ進むと海運橋、千代田橋となり、そこはもう茅場町に続く永代通りが通っており、その先にあるのは霊岸橋だ。そこから再び鎧橋に戻り、今度は日本橋川北岸を箱崎橋へ。そしてその先の湊橋でまたしても日本橋川を渡り、もう一度霊岸橋へ。霊岸橋を渡って岡本かの子ゆかりの亀島河岸を確かめたあと、またまた霊岸橋袂へ戻る。そして東に渡り、幸田文ゆかりの新川、霊岸島、北原白秋の「恋愛事件」で知られる越前堀方面へ。ここまでが「日本橋川のほとり」だ。「日本橋北部」では、谷崎潤一郎の生家跡を探して鎧橋から水天宮方面へ向かい、蠣殻町をほうぼう探し回っている（野田お得意の「おかみさん」へのインタビューで場所を教えられた）。探し当てた後は人形町へ向かい、そこから親父橋跡を目指している。これに続くのは「瓢箪新道と「パンの会」」の節だが、これは第五章で扱うので飛ばして、最後の「本町通りの詩と詩人たち」の節は、大伝馬町《おおでんまちょう》北の本町通りから始まる。平田禿木《とくぼく》ら『文学界』ゆかりの文学者たちのことを思い浮かべながら本町・室町・本石町《ほんごくちょう》と本町通りを進み、本石町を左折して三越前へ、そこから外堀通りの常盤橋へ。野田自身はさらにここから新常盤橋を過ぎて神田方面をめざしているが、本コースとしては、この常盤橋あたりが終点ということになる。

†土地がらみの作家作品紹介

「日本橋川のほとり」「日本橋北部」で目立つのは、土地がらみの作品紹介、作家紹介が質量ともに充実しているということである。なかでは、「掘割のある東京下町の性格と、そこに住む人間像を深く捜ろうとした」岡本かの子の『河明り』(三九年)を野田は「近代下町文学の代表作」とまで言っている。創作の行き詰まりから執筆環境を水の豊かな下町に求めて、日本橋交差点から永代橋方面を目指した女流作家が、千代田橋↓霊岸橋と来てそこで横町に入り込み、亀島河岸に建つ洋館の貸間を見つけ、大家である回漕《かいそう》店の美しい娘の恋愛成就に一役買う話である。『河明り』にはまた、娘の結婚相手が一石橋の迷い子石のもとに捨てられていた過去を持つ男性であったというかたちで、日本橋川沿いの橋がもう一つ取り込まれている。

女流作家の「私」が日本橋の白木屋《しろきや》角から霊岸橋に辿りつくまでを、野田は作品本文を辿りながらこんなふうにまとめている。

「河明り」では白木屋から東へ向って二つ目の橋までゆくわけだが、一つ目の橋は楓川の千代田橋に当り、そこにゆくまでには広い昭和通りを横切らねばならぬ。また千代田橋からは、左右に兜町をみながら茅場町交叉点に出る。以前の南茅場町の通りを歩くと、ようやく二つ目の霊岸橋の袂に出る。霊岸橋は日本橋から永代橋へゆく間の最も歴史の古い橋で、向う岸は新川、その下を霊岸島、八丁堀の方へ亀島川が流れている。

土地とからめての作品の味読のお手本のような叙述だが、泉鏡花の『日本橋』（一四年）、短編だが芥川龍之介の『魚河岸』（二二年）などに対してもこうしたアプローチを試みており、文学散歩ならではの解説の妙が冴えわたる。

土地とからめての作家紹介としては、日本橋川下流の町・新川の酒問屋に嫁ぎながら婚家の没落により苦労を重ねた幸田文の身辺小説『勲章』（三七年）をめぐる叙述が、作家・作品への愛を感じさせて読むものの心をうつ。——「もともと隅田川のほとりの寺島に生れたときから、この女流作家には妙に川や水に縁があった。そして社会人としての第一歩の結婚生活がこの新川べりである。その婚家から戻るという深刻な経験をなめて、子一人という自覚から、献身的にいたわった父露伴が世を去り、時を得てほのぼのと自らの命の枝に咲かせはじめたのが幸田文の文学だった」。土地とからめての作品紹介・作家紹介としては、ほかに、谷崎潤一郎の小説『少年』（一一年）や自伝エッセイ「幼少時代」（五七年）を論じた部分も文学散歩ならではの解説となっている。

†現在との比較

五一年、五八年、そして現在と、比較して気のついたところをあげてみると、何と言っても日本橋川沿いは、水路の埋め立てと高速道路の架設が決定的な変貌をもたらした。兜橋、海運橋、千代田橋が架かっていた楓川は埋め立てられ、その上には高速道路が通っている。ばかりでなく、埋め立て地面と高速道路との間の空間は駐車場として利用されるといった徹底ぶりである。日本橋川はさすがに埋め立てられてはいないが、下流から上流まで高速道路が諸橋の上を通っていることは周知のとおりである。

ただ、そうした目立った変化を別にすれば、かつての姿やその痕跡が界隈のあちこちに見られるのもまた確かである。たとえばかつて日本橋川から分岐して小網橋（思案橋）をくぐって堀留まで続いていた東堀留川だが、分岐点のあたりは小さな公園サイズの緑地になっていて、かつて野田がそのあたりから日本橋川下流を眺めた際の気分を追体験するのも不可能ではない。

あと、五八年時点で野田が「うっかりすると通り過してしまうくらい」と評した西河岸の延命地蔵は今では立派なお堂に生まれ変わっているし、「通行人にもあまり気づかないような按針碑」も、大切に保存されている。今では自治体も碑の保存や案内板設置には力を入れているようで、例の「メイゾン鴻乃巣」や、野田がさんざん捜し歩いた谷崎の生家跡にも、立派な案内板が立っている。

総じて、五八年版は作家紹介や作品紹介、歴史紹介などに押されて、決定版と比べれば本来の町歩き部分や抒情的な風景描写などは少なくなっているが、それでもまだまだあちこちに野田の文学散歩らしい印象的な描写が見受けられる。いくらでも例は引けるが、たとえば鏡花の『日本橋』の雰囲気にひたりながら、一石橋の上から川下をみやる場面などはその一つである。

一石橋の上もしだいに夕暮が濃くなって来た。鏡花の「日本橋」での見事な筆捌きに、この堂々とした現代の一石橋も私の心のなかでは鏡花文学の古風な幻に同化されてゆくようである。

西河岸橋、その向うの日本橋。その下を潜って、日本橋川の水はひたひたと波立っている。日本橋にぱっと燈が点った。もはや西河岸も夕暮である。

そういえば大事なことを言い忘れていた。野田の文学散歩には一服シーンがほとんど見られないのが特徴だが（第一章参照）、「日本橋川のほとり」中にきわめて珍しいこんな一文がある――「北新堀町《きたしんぼりちょう》の箱崎橋袂で、一本の煙草を吸い終えた私は、自分が何処か遠くから流れて来た旅人でもあるかのような気持を覚えた」。ここでの一服は、例の『河明り』の亀島河岸（そこに建つ洋館の貸間を借りることで女流作家と大家の娘一家が親しくなっていく）を訪れて作品の余韻に浸っている流れに接続しており、野田が感じていたであろう気分の昂揚と関係があるかもしれない。一服といえば、恒例のおすすめ店の紹介だ。今回は二軒、日本橋袂の旧・魚河岸にある寿司貞（日本橋室町一―八―四）と、人形町の小春軒（日本橋人形町一―七―九）である。前者は「昔からある店」がキャッチフレーズで、震災後に魚河岸が築地に引っ越した直後からあるらしい。実際にもうまいけれども、魚河岸で食べていると思うとなおさらうまくなる。後者で私が頼むのはメンチカツ。古くからある洋食屋が事業拡大で軒並み味を落としているなか、昔ながらの味がありがたい。

本コースは決定版「その二」コースと、東京文学散歩第二巻『下町 上巻』中の「日本橋川のほとり」「日本橋北部」を合体させており、出発点は八重洲橋跡＝東京駅で、終点は「日本橋北部」中の常盤橋である。つまり、東京駅から出発して東京駅に戻るコースなのである。

第五章

パンの会会場を探し求めて

†今回のコース

今回は、文学研究者としての野田宇太郎の中心テーマとも言うべきパンの会の、集会場の跡を探しまわる野田の探索行に同行する。野田によれば、パンの会会場は四カ所を転々としたらしい。最初が一九〇八年の両国・第一やまと、〇九年が永代橋・永代亭、一〇年が大伝馬町・三州屋《さんしゅうや》、そして最後が浅草・よか楼である。名前だけがわかっていたり、住所までわかっていたり、といろいろだが、野田としては実際の場所を確かめ、その場所に立ってみたい、という願いを強く持っていたのである。「パンの会会場を探し求めて」の文学散歩がこうして始まった。

もとになる決定版『新東京文学散歩 増補訂正版』(一九五二年)ではどのコースがそれにあたるかというと、「その二　日本橋・両国・浅草・深川・築地」中の第三節「瓢箪新道《ひょうたんじんみち》」、

第四節「両国橋」、第六節「浅草にて」、第七節「永代橋」がそれにあたる。したがって、散歩の順序としては、瓢箪新道→両国橋→浅草→永代橋となるが、おまけとして、「その二」コースで永代橋の次に置かれている第八節「勝鬨橋」も、パンの会関連ではないが便宜上これに加えて、瓢箪新道から勝鬨橋までを、今回のコースとさせていただきたい。

決定版以降はどうかというと、『毎日新聞』での連載「東京文学散歩《ところどころ》」(五二年六月八日〜一一月二三日、全一八回)中で瓢箪新道と永代橋に再挑戦しており、その成果が二つとも『新東京文学散歩 続篇』(五三年)に吸収される。さらに東京文学散歩第一巻『隅田川』(五八年)には永代橋のみが吸収され、そこに両国橋と勝鬨橋の新稿が追加される。隅田川沿いではないのでここからは漏れた瓢箪新道は、東京文学散歩第二巻『下町 上巻』(五八年)に吸収される、といった具合だ。

†人形町から大伝馬町へ

さて「その二」コース第三節「瓢箪新道」だが、その前の第二節「水の都」のラストで野田は人形町の谷崎潤一郎の生家跡近くまで来ているので、われわれも地下鉄人形町駅からスタートすることにしたい。——「次に私の心に浮んだのはここから町続きの、パンの会で最も有名な会場三州屋のあった日本橋大伝馬町二丁目、瓢箪新道である」。人形町は戦災を免れたおかげで、「家々は古く落著」き、「街らしい賑やかさも何となく角のとれた豊かさを以て感じられる」。野田が目尻を下げる様子が眼に浮かぶようである。その野田の目に、「偽造洋式の家と家」にはさまれた「純江戸風な木造」の建物の姿が突然飛び込んでくる。やはり戦災を免れた寄席の末廣亭《すえひろてい》である。「突然にあらわれたので異様」と評しているが、決して否定的に見ているわけではないことは確認しておきたい。

そしていよいよ瓢箪新道が近づいてくる。「人形町の電車停留所の次が、小伝馬町の停留所。大伝馬町はその中間である」。このへんは現代の地下鉄の場合と同じだ。

このあたりは今度の戦争では幸いに焼けていない。然し、あの大震災以後はもはや明治時代の面影はとどめなくなった所である。私のもとめ歩く大伝馬町二丁目の、瓢箪新道と云われた一角は、今は尋ねてもなかなかみつかりにくい。表通りから裏通りへ抜けてみる。糸や織物の繊維類の問屋が大小雑然と軒を連ねて、時節柄イトヘン景気で活況を呈しているばかり。震災以来全く区画の変った街角の、ただ二丁目の電車通の南側裏通りと云うその文字に符合する場所に立って、過ぎし日の下町情緒を偲ぶよりほかはない。

関東大震災では焼けたが、戦災は免れたというのが人形町の被災歴だが、ここでいう「南側裏通り」というのは吉井勇の証言であり、いっぽう木下杢太郎は「小さい古風な西洋料理屋」・「商家のまん中に、異様な対照をなして」と証言している。結局、場所を突き止められなかった野田は、「昔はこのあたりまで、思案橋、荒布橋を潜った運河の水が伸びていて、三州屋はその水近く、明治初年の錦絵好みの面影をたたえた家であったのであろう」との漠然とした感想で一回目の探索行を打ち切らざるをえなかった。

その代わり、ここでの文壇史記述は充実している。半獣神のパンの姿を描いた大提灯、渡欧する会員と入営する会員の歓送会、「祝入営と書いたビラ札に黒枠」をつけたことで「非国民」呼ばわりされた黒枠事件、さらには谷崎と荷風の初対面と、この直後から雑誌『群像』で連載が始まった伊藤整の『日本文壇史』(五二・一〜)にも通じるような内容である。作品よりも作者、それも生い立ちや交流のほうにひかれるのが当時の人々の文学との向き合い方だったのである。

†両国へ

結局、三州屋探しは不発に終わったので、野田は「両国橋の袂の矢ノ倉公園の広場にあった「第一やまと」と云う三階建木造の薄汚い西洋料理屋」の跡を探しに両国橋へやってくる。小伝馬町から電車道に沿って馬喰町《ばくろちょう》へ。「このあたりは戦後復興の町で、まだ傷痕は癒されてはいない」。やがて浅草橋が見え、さらに進むと、「その向うから小高くなった丘のように、両国の大橋があらわれる」。橋の向うの元・国技館の丸屋根には、「MEMORIAL HALL と書いた白いペンキの文字がよまれる」。「いよいよ私は大川端に出たのだ」。ただし、橋の西側で焼け残っていたのは、「ミツワ石鹼の本舗丸美屋」ビル（現・東日本橋二—二〇）と「元の千代田小学校、今の久松中学校」（現・東日本橋一—一〇）だけで、「私は久松中学校の校庭に接した川端の、これも焼け崩れた跡を整理した小公園の冷たい石のベンチに腰をかけた」。

野田がここで「矢ノ倉公園」と呼んでいるのは、旧・両国橋西詰の広場（両国西広小路）あとにできた公園で（震災前まで存在した）、名称は「両国公園」と呼ぶのが一般的（東京文学散歩第一巻『隅田川』では両国公園と改めている）。会場の「やまと」だが、パンの会出席者たちの回想によると、もともとは牛鍋屋だが西洋料理も提供した、なかは畳敷きの日本間、などとあって、野田が引いている杢太郎の詩にある「西洋料理鋪《レストラント》」はそうとうに美化されている。さらに野田は校庭に接した小公園（千代田公園といい、現在もある）の石のベンチの場所を「仮りに第一やまとのあった場所として」などと言っているが、千代田公園と両国西広小路とでは一五〇メートルくらいは離れており、先の三州屋の場合と比べると、だいぶ熱意に差があるようだ。

†雷門前よか楼

ともあれ、「やまと」に対しては大して探索をするでもなく、野田は吉井勇の詩を「くちずさみながら」両国をあとにする。このあとの「その二」コースだが、本書ではこれに続く「新片町」の節と「浅草にて」の節は第一章「浅草から向島へ」で取り上げているので、ここでは雷門前のよか楼についてのみ簡単に触れておくことにする。

「雷門に立って先ず思い出されるのは、この電車通りの向い角あたりにあったと云うレストラン「よか楼」のことである」（「浅草にて」）。ここでは高村光太郎の詩を引くのみで、簡単な紹介に終わっているが、野田の『日本耽美派の誕生』（五一年）中に紹介された木村荘八の記憶図によると、よか楼は「浅草の仲見世に対する東仲町の角」にあった円塔状の建物で、下がパン菓子屋でらせん階段を上ったところが食堂だったという。当然内部の壁も円形で、ハイカラ好きの会員たちに喜ばれそうなレストランだったようだ。ただし、接客係の女性も置くような店であったことは、多くの文学者たちが証言している。

場所については、木村荘八は東仲町と言っているが、野田の「浅草界隈」（定本文学散歩全集第三巻『東京文学散歩　下町　下』六二年）では隣の茶屋町の並木通り沿い、となっている。

一九〇八年刊行の『新撰東京名所図会』第五六編は、並木通りの両側の店を一軒ごとに紹介しており、それによると、「薬品化粧品西洋料理よか楼」は西側の北角（雷門前）より五軒目だった。茶屋町一番地にあたる場所である（有名な西洋酒食料品の山屋本店は二軒目）。

†永代橋へ

さて「その二」コースではこのあと吾妻橋の水上バス発着所から両国橋手前の本所発着所まで乗船し、三つ目のパンの会会場のある永代橋をめざしている。途中、船上からは、蔵前の仮・国技館の「高いやぐら」や、本所側の、今は進駐軍の「ミリタリーホスピタル」となった鉄道病院や、やはり進駐軍の劇場となった公会堂、被服廠あとの震災記念堂などが目に入って来る。「何もかも忘れてそこだけを眺めていると、そっくり昔の大川端の感じがした」。意識的の場合も無意識の場合もあるが、対象を取捨したうえで、居心地のいい世界に身をゆだねようとするスタンスがにじみでている。

下船後は両国緑町まで歩き、そこから月島行きの都電で深川門前仲町へ。この日は八重洲橋を出発して日本橋川沿い、瓢簞新道、両国、浅草とまわったので、もうすでに夕暮が近い。「時計をみると四時半を少しすぎている。急ぎ足に永代橋の袂まで焼けあとの復興の街を歩く」。ここで歩きながら「近代文学に耽美的な下町情調を根強く植えつけた深川に来ていることを」思い返し、谷崎潤一郎の『刺青』（一〇年）を思い浮かべている。

土地とからめての作家・作品の紹介であり、典型的な「文学散歩」調である。そのいっぽうでは、「橋に向って右側の袂、街路に面して建っている交番だけが僅に昔のまま」で、それ以外は「戦後の復興街」であることも見落としてはいない。その交番の裏手、街路から水際のほうに少し低くなった所が、レストラン永代亭のあった場所だった（降りていくと隅田川汽船の発着所、階段を上るとレストラン）。三州屋や「やまと」の場合と違って、永代亭の場合は生々しく場所を特定できたのだ。

そこからは滑らかに文学史記述、文壇史記述へと入り込んでいく。パンを麵麭《パン》と誤解して社会主義者たちの会合と思い込んで潜入した刑事のエピソードなどが満載だ。泥酔した青年文学者たちが鉄橋の手すりにのぼって大川に向けて放尿した有名な話も、野田にかかっては青春との別れの序曲にほかならなかった。――「やがて離れ離れに青春とわかれ、夫々《それぞれ》に社会に独立した当時の青年詩人たちは、又夫々の思いをこめて、後の日にこの橋のほとりに立った」。

ここで「後の日に……」の一例としてあげられたのが木下杢太郎だった。一九二六年に発表した「永代橋工事」は、「過ぎし日の永代の木橋」をなつかしみつつ、震災後の鉄橋建設の「轟轟《ごうごう》たる響き」を「これも仕方がない」と一度は受け入れたものの、「それだのに」さんさんと涙を流すという複雑な胸の内を吐露した詩だ。ただ、さらにそれから二五年後の野田はこれに同調することはない。「あれほどの戦火にも揺がなかった近代的建築の堂々たる永代の鉄橋」を誇りに思い、「夕暮時の大川の眺めを心ゆくばかり満喫」した野田は、もう一つのパンの会ゆかりの場所を思い浮かべている。——「永代亭の川向う、新川町あたりにあった鳥料理で」「パンの会の二次会の会場としてしたしまれた」都川である。

対岸まで渡り、都川が「最近また復活したともきいた」ことから「通りあわせた夕刊配達の男に尋ねたが判らない」。結局、野田はこの日、二つの宿題を持ち帰ることになった。瓢箪新道の三州屋の場所と永代橋・都川の現況と、である。「夕暮」が連発されていたことからもわかるように、とにかくこの日の野田は時間に余裕がなかった。勝鬨橋経由で銀座まで行かねばならぬ野田は先を急ぐ。本章も、約束通り勝鬨橋まで辿りつかなくてはならない。

†永代橋から勝鬨橋へ

問題（というと大げさだが）は、永代橋の袂からどういうルートで勝鬨橋まで行ったかである。『日本読書新聞』の連載では、一直線に茅場町まで歩いてそこから都電で築地まで行ったことになっている（そこから勝鬨橋はすぐ）。おそらくこれが実際のルートだろうが、それが決定版では、茅場町の一つ手前の新川一丁目から左折して霊岸島のほうへ行ったことになっている。そして霊岸島から八丁堀の方へ歩きながら杢太郎の『霊岸島の自殺』（一三年）を「思い出」している。霊岸島はのちに東京文学散歩第二巻『下町　上巻』（五八年）中の「日本橋川のほとり」で歩くことになる地域だが、その足掛かりのためにも霊岸島への言及が必要だったのではないだろうか。こんなところからもわかるように、「東京文学散歩」は単純な町歩きのエッセイなどではない。いろんな計算や仕掛けが張りめぐらされた巧緻なフィクション作品と言ってもいいようなものだったのである。

築地から勝鬨橋までは五〇〇メートル足らずの距離である。橋に到達した野田は、橋の歴史紹介を一通り終えると、橋の上から三方をみやっている。最初は川上、次は川下、そして最後は今やって来た築地・明石町《あかしちょう》方面である。川上の永代橋のほうは「燈火まばらで如何にも復興は未だしの感が深い」。いっぽう、川下のほうは、「芝方面の河口付近の岸辺には、燈火が賑やかにまたたいている。如何にも戦前を思い出させる夜景に、すっかりあたりが夜であることを思い出した」。またしても野田を惹き付ける世界が立ち現れている。

背後はどうだったろうか。——「焼けあとに復興した家々であろうか。灯が点々と、如何にも侘し気にまたたいている。その上の暗い空の一角はるかに、そこだけが不夜城のように明るい真昼のような照明のみえる大建築が浮んでいる。聖路加《せいるか》病院である」。『日本読書新聞』の連載では、ここから話題は転換している。しかし決定版では野田は「あくなく続けられている朝鮮戦線に傷ついた兵士の、あかるくて清潔なベッドが何故ともなく幻想される」という一文を挿入している。

時代は朝鮮戦争のさなかである。野田が「朝鮮戦線に傷ついた兵士」を思い浮かべたのも大いにありうることだ。しかし、付け加えられた一文には、「あくなく続けられている」と「あかるくて清潔なベッドが何故ともなく幻想される」という二つの表現が加わっていた。前者が戦争の長期化への懸念であるのは当然として、後者には傷病兵となった若者へのいたわりの念が込められていたのではないだろうか。いずれにしても、こんなところにも、何でも盛り込むことのできる「文学散歩」ならではの特質を見てとることができるのである。

†二つの宿題

ともあれ、決定版「その二」コースに準拠したパンの会会場を探し求める行程もそろそろ終わりに近づいてきたようだ。しかし、前述のように野田には二つの宿題が残された。瓢簞新道の三州屋の場所と永代橋・都川の現況と、である。他の似たような例の場合をみてもわかることだが、とにかく野田の取りかかりは早い。決定版の刊行が五二年三月であったのに対して、直後の五二年六月から『毎日新聞』で連載が始まった「東京文学散歩《ところどころ》」で早くもこの二つの宿題に取り組んでいる。

三州屋の跡を尋ねあてた報告は「東京文学散歩《ところどころ》」の一〇月二五日の回でなされている。ただし、ここでの報告はきわめて淡々としたもので、「ようやくたずね出した瓢箪新道の跡は、電車通りから本町の方に折れた、今日の大伝馬町一丁目の何の奇もない戦後の侘しい横丁」で、三州屋跡も「小料理屋やパチンコ屋の並ぶ端《はず》れの町角にあたって今も僅かに敷石などを遺している」とだけ記されている。しかし、実際は野田はここを独力で発見したわけではなかった。ここに至るまでには運命的な導きとでもいうしかないようなドラマがあったのである。

†瓢箪新道発見のドラマ

そのドラマの詳細は、『新東京文学散歩 続篇』（五三年）中の「続・瓢箪新道」の節で明かされている。「今年（五二年——藤井注）の五月も末近い或日の午後のことだった」と切り出した野田は、「ふとしたことから、思いがけなく私は旧恋の「ひょうたんじんみち」を見出すこととなったのである」と述べている。しかし「それはあまりにも変りはてた無残な亡骸に過ぎなかった」。ともあれ、野田によれば発見までの経緯は次のようなものであった。——小伝馬町から人形町に向けて歩いていると、M書店と書いた「小さなバラックの本屋」があることに気付き、お得意のインタビューを試みたところ、年配の主人が瓢箪新道を知っていたばかりか、三州屋の息子さんとは幼馴染だというのである。教えられた通り横町を入っていくと「瓢箪湯」なる銭湯があり、野田の「文学散歩」ではお馴染みの「近所の娘さんらしい浴客が一人、私の前を湯道具を抱きながら通ってのれんを潜」るのにも遭遇する(この娘さんかどうかはわからないが『アルバム東京文学散歩』に収められた瓢箪湯の写真中には湯道具を抱えた女性が写り込んでいる。まさかヤラセではないとは思うけれども)。さらに本屋の主人に教えられたままにあたりを見回すと、横町(瓢箪新道)を入って行った最初の十字路の手前右角が三州屋の跡であることがわかったというのだ(一九〇〇年刊行の『新撰東京名所図会』第二六編の「大伝馬町の概況」中に三州屋の所在地は二丁目一六、「西洋料理スープ商」とあり、位置は合致する)。

瓢箪湯に入る娘さん(『アルバム東京文学散歩』より)

ただし、そこには当然のことながら「古風な明治初年のエキゾチスムを感じさせる西洋料理屋の残渣《ざんさ》」などなかったが、そこから始まる野田お得意の地理説明が往時の雰囲気を的確に再現してくれている。

ここは昔は今の十字路の所が所謂瓢箪新道の行きづまりで、そこから左の方へ小さな露路のような裏通りが通じていて、その裏通りを少し行って右の方に曲ると、日本橋川から流れ込んでいた堀留の運河の終りがあって、戦前まではそのあたりに古いめずらしい土蔵もいくつかは残っていたと、さっき私はきいていた。その堀留の水近くへゆく裏通りは、今は広い真直な通りになっていて、大きく立派な問屋がずらりと並んでいる。昔の夢を想像することさえ今はすでに困難であった。

「瓢箪新道の行きづまり」がその先まで延びて小さいながらも十字路となるのは震災以後のことだが、現在もあるその十字路を見ると二つの道は正確には十字には交差していないことがわかる。江戸時代から瓢箪新道がやや斜めに「行きづま」っていたのが、そのまま残る形でやや歪んだ十字となっているのである。さて、「運河の終り」方向を見届けた野田は、もう一度あの侘しい通り（瓢箪新道）に戻ってくる。そこで空を見上げた野田の目に、聳え立った銭湯の煙突の側面に書かれた「瓢、簞、湯」の大きな文字が入ってくる。それは「いやが上にも私にパンの会の三州屋のことを偲ばせようとでもするように、夕陽の中にはっきりと読まれた」のである。

以上が、『新東京文学散歩 続篇』中の「続・瓢簞新道」だが、本屋の主人とのふとした出会いから三州屋跡の発見に至るまでの意外性に富んだ展開といい、小気味よいテンポといい、「瓢、簞、湯」の締めくくりといい、杓子定規な「文学散歩」調とは大きく異なるが、こうした自由自在さこそがまさに野田の「文学散歩」なのであって、そのことは繰り返し指摘しておきたい。

瓢簞新道

†その後の瓢簞新道

ところで野田は、瓢簞新道・三州屋跡発見記を先の「東京文学散歩《ところどころ》」以来繰り

返し書いている。この『新東京文学散歩 続篇』のほかにも、『アルバム東京文学散歩』（五四年）中の「瓢簞新道」の節と、東京文学散歩第二巻『下町 上巻』（五八年）中の「瓢簞新道と「パンの会」」の節の、少なくとも二度は書いている。そしてそれらは、主に書店主の発見への貢献度の点でかなり異なっているのである。どうでもいいことかもしれないが、気になるので比較してみると、『アルバム東京文学散歩』では書店主は登場はするが、教えてくれたのは「瓢簞新道のあとならそこですよ」の一言のみであったことになっている。「幼馴染」の件は影も形もない。

もっと異なっているのは、東京文学散歩第二巻『下町 上巻』のほうだ。ここでは書店主はさらにチラッとしか登場しない。江戸図や近代図をいろいろ検討したあげくに「何一つ目標があるわけでも」ないままに「二度三度根気よく散歩のつもりで歩いているうちに」瓢簞湯の煙突を見つけ、「しめたと思って電車通りにかえり、近くの小さな書店に寄って」そこがまちがいなく瓢簞新道跡であると教えられたことになっている。

野田のことだから、プライオリティというか、自分の手柄のために、書店主の貢献度を低くしたとは思われない。そもそも最初の「東京文学散歩《ところどころ》」では短文ということもあって書店主は登場すらしていなかった。それが『新東京文学散歩 続篇』では、横町も三州屋の跡も、三州屋の息子の幼馴染である書店主に教えられて発見している。ところが見てきたように、『アルバム東京文学散歩』では横町の場所のみ書店主によって教えられ、さらに東京文学散歩第二巻『下町 上巻』では野田が独力で瓢簞湯を見つけ出し、そのあとで書店主によってその前が瓢簞新道だと教えられたことになっている。

この四つの文章を読み比べた読者などほとんどいない(!)だろうが、だからといって、まちまちでいいということにはならない。いったい、どうしてこんなことになったのか。そもそも、真実はどれなのか。どれもが純然たるノンフィクションであれば、内容も同じになるはずだろう。だとすれば、ここから導き出されるのは、「文学散歩」は単純なノンフィクションなどではなく、発表場所や分量、そして何よりも読者効果などを勘案しながら書かれたフィクション作品である、という結論ではないだろうか。「文学散歩」のフィクション性については本書中でも何度か指摘しているが、瓢簞新道の書き替えのケースもそれを補強するものであったことになる。

瓢簞新道論の最後に、忘れないうちに付け加えておくと、M書店という「小さなバラックの本屋」だが、これは昭和の初め頃からすでにあり、その後少し北に移転した実在の書店(ミヤケ書店)だった(日本橋大伝馬町五)。平成の最後の頃に私もうかがって話を聞いたことがある。主人はおそらく野田がいう「年配の主人」の息子さんだったのだろう。だが、今回歩き直してみて、令和に入る頃に店を閉じられたのを知った。こんなことも今は亡き野田さんに報告しておきたい。

†都川の発見

さて次は永代橋・都川の現況である。——都川の現況報告は、瓢箪新道の場合と同様、「東京文学散歩《ところどころ》」の七月五日の回でなされている。「永代橋付近」というのがそのタイトルだが、現況を告げる部分はここでは文学史記述のために隅の方に押しやられている。わずかに見られるのは次のような記述のみ。——「所も同じ新川の大川端に新しく瀟洒な割烹店を開いた。そして「パンの会」時代からの生きた芸術の歴史のような女将和田あいさんも健在で、懐しくあの人この人のことを語って呉れる」。

押しやられてカットされた部分は『新東京文学散歩 続篇』で復活している。「明治時代の隅田川の橋と云えば、川上の方から吾妻橋、厩《うまや》橋、両国橋、新大橋、そして一番川下が永代橋である」と切り出された「永代橋」の節は、元禄期の木橋から始まって日本最初の鉄橋(一八九七年)時代を経て一九二六年に再建されるまでの橋の歴史を紹介したうえで、パンの会とのさまざまな関わりを紹介している。なかでも強烈な印象をのこすのは、杢太郎が証言する「頬に刀痕のある酒好きのおかみ」の話だが、この女将へのインタビューが今回の野田の探訪の中心となっているのだ。

野田が都川の復活を知ったのは、五二年春のことであった（復活自体は前年）。ただし、本人の告白によれば野田は「くろうと風の割烹店とか待合とかは頗る苦手」とのことで、永代橋の袂に再建された店は発見したものの、なかなか中へは入れなかったらしい。しかし逡巡は野田の「杞憂」であった。名前と来意を告げると、まるで待っていたかのような歓待ぶりだったのである。

私はほっとした上に、何だかそこが「都川」だけに、胸の中が熱くなる思いだった。云うならば、父も私も一人息子で、二代続いて兄弟がない上に、私は早く父母に別れていて、親戚もすくない、そのすくない親戚のおばさんにでもようやく会えたような感じでもあった。

もっとも、野田は当初この女将をパンの会時代の女将の二代目と思い込んでいたが、実は女将本人であると教えられて驚く。ここからは野田お得意のインタビューである。特に相手が、父とも慕う杢太郎らパンの会の人々と親しかった女性とあって、追憶談はいつ果てるともなく続いた。「こうしていても、太田さんの（杢太郎のこと——藤井注）顔が、はっきりと見えますよ」と女将。「私はむりにすすめられたコップ一杯のビールで、頬が燃えていた。つと立ち上って、大川の岸辺にでも立つように、座敷の廊下に立った」。「折から夕暮も近く、隅田川の水は上潮でひたひたと豊かに波立ち、忙しげに蒸汽（ポンポン船のこと――藤井注）が一つ水脈を長くひきながら川上へと滑っていった」。このあと店を出た野田は相生橋から佃島に渡って、そこから川上の永代橋のあたりに灯がつく光景を眺めている。「私にとって感激的でもあったその日」の本当の「幕切」である。

かつて都川があった永代橋袂の一画はいまではビルやマンションになっているが、ここからほど遠からぬ場所に都川という同名の鰻屋が店を出していることを報告しておきたい。永代橋の都川とは何の関係もないそうだが、場所は、勝関橋東詰め北側の勝どきサンスクエア内である。

さて、先に見た瓢箪新道の場合もそうだったが、『新東京文学散歩　続篇』所収の文学散歩は、コース歩きに追われていないせいか、ゆったりとした、情感のこもったエッセイが多い。それにしても、「東京文学散歩《ところどころ》」の「永代橋付近」が五二年七月五日の発表で、その時にはすでに女将へのインタビューはすませていたようだから（それを基に『新東京文学散歩　続篇』中の「永代橋」を執筆）、前述のように五二年春に復活を知ったとすれば、わずか数カ月のうちに探訪（インタビューも）と「東京文学散歩《ところどころ》」の執筆をすませていたことになる。しかも、前述のように、同じ五二年五月末には瓢箪新道の三州屋跡も発見している。おそるべき行動力であるといわなくてはならない。

†その後の都川

このあと、野田は、瓢箪新道の場合と同じように、永代橋と都川の現況をめぐって『アルバム東京文学散歩』（五四年）に短文「永代橋付近」を、東京文学散歩第一巻『隅田川』（五八年）に今度はやや長めのエッセイ「永代橋付近」を書いている（続篇以外はみな同題）。ただし、『アルバム東京文学散歩』では特に新しい指摘はなく、東京文学散歩第一巻『隅田川』のほうも、内容的には冒頭の「「刺青」の街」の節が新しいだけで、続く「「パンの会」幻想」「永代橋」「都川にて」は従来の内容を少しふくらませた程度であり、都川の女将の回想談も『新東京文学散歩　続篇』のものをそのまま流用している。

ただし、野田の書き手としての誠実さに頭が下がるのは、内容的にはほぼ繰り返しでも、東京文学散歩第一巻『隅田川』執筆に際して再訪していると思われる点で、このへんは単純な繰り返しとはちがうことを指摘しておきたい。瓢箪新道の場合も、東京文学散歩第二巻『下町　上巻』で、「私が始めてそこを衝きとめた五年前」と今との街並みの違いに言及しており、再訪していることはまちがいない。

本書では主に決定版のための五一年の町歩きを基にして独自コースを提案しており、それと比較するために決定版以降の言及も紹介しているが、瓢簞新道も永代橋も時期的には結局は五八年までしかカバーできていない。七一年の『改版東京文学散歩』でも言及されていれば、カバーする範囲は広がったはずなのだけれども。

†その後の両国橋と勝鬨橋

決定版以降の話になったので、本コースの瓢簞新道、両国橋、浅草、永代橋、勝鬨橋のうちでまだ決定版以降の様子を紹介していない両国橋と勝鬨橋についても、最後に簡単に触れておくことにしよう。ただし、両橋ともいずれも五八年の東京文学散歩第一巻『隅田川』に登場しているだけなので、それほど長期間の変化が見届けられているわけではない。

七年後の両国は、当然だが、大きく変わったところもあれば、変わらぬものもあった。前者の代表は、川沿いの広い道路だろうか。「今、私の前には両国から浜町《はまちょう》をすぎて川下の新大橋の西袂へ通ずる広い道路が、隅田川の河岸にそって走っている」。挿入されている写真からその広さがわかる（この道は現在でもさして変わっていない）。後者の代表は、堤防未満の堤防の存在だ。写真では、若干の石垣があって、あとは手すりや柵があるばかりであり、現在のような高い堤防とは雲泥の差がある。

他にも変わらぬものはあった。ミツワ石鹼のビルと学校の校舎だ。「戦災前からの河岸の建物といえば、すぐ近くの右側にあるミツワ石鹸本舗の丸美屋の小さなビルと、その向うの、これも鉄筋ながらいたみのはげしい久松中学校位なもので」とある通りである。この二つも挿入写真に写っているが、どちらのビルも、写真を見る限り、小さくもなければ、「いたみのはげしい」ようにも見えない。むしろ戦災をくぐり抜けての健在ぶりに拍手を送りたくなる。ところで肝心の「第一やまと」だが、これに関しては調査に進展がなかったようで、「「第一やまと」などある筈もない」と、熱意のなさは決定版の時と変わっていない。

最後は勝鬨橋。現在では築地側の隅田川沿いにあった築地市場が移転してしまったので、景観は大きく変わったが、五一年から五八年では、街の復興を除けば大きな変化があるはずもない。「今日は六月六日」(五八年)とあるが、この日野田は、佃島から、当時は健在だった渡しを利用して明石町に渡り、そこから歩いて「関橋」(決定版の時と違ってここではこう表記している)に来ている。

関橋の中央部まで歩いて、私は隅田川の上流を眺めた。何だか高い山の上にでも来たように、黄昏の隅田川ははるかに下の方を流れている。上流には永代橋がちらりと見え、東岸の石川島、佃島、月島、そして西岸の越前堀河岸から湊町《みなとちょう》、明石町、小田《おだ》原町《わらちょう》の河岸が、こちらに近づくに随ってひろがって見える。

東京文学散歩第一巻『隅田川』の散歩が春たけなわの荒川の岩淵水門から始まったことを思い起こし、初夏の今、ようやく川口までたどり着いたことに感慨深げな野田は、川上から川下へと視線を転じ「海の方へ橋を横切」った。「左の月島の岸にも、そして右の中央卸売市場の河岸にも沢山の漁船が舫《もや》って夜を待っている。その間を前方の品川湾から黄昏の隅田川をランタンを点《とも》して遡ってくる船がある。ぼおーっ、ぼおーっと、遠く近く汽笛が鳴る。……」

†勝関橋から見た「濃紺の富士」

野田の「文学散歩」ならではの情感のこもった文章だが、ここで野田は以前勝関橋の上から海を眺めていた時のことを思い出す。

かつてそれは冬の夕暮だったが、こうして関橋から海の方を眺めていたとき、東京の市街の上には金粉のような夕陽が散りかかり、そのなかにくっきりと、濃紺の富士が浮ぶのを見た。――その光景が、今もまた記憶にあざやかに蘇ってくる。

いっけん、何の変哲もない、しかし色感豊かで印象的な光景だが、詮索好きな私としてはここでいくつか疑問点を提出してみたい。一つは、勝鬨橋から富士山は見えるのか、という問題。日本各地からの富士山の見え方を検証した「富士山ココ」(国土地理院のご教示による)というサイトによれば、可能だとのことである。ただし、それは、ほとんど横向きに近く、西南西の方向に、であるらしい。そちらの方向にはちょうど丹沢山系があり、手前に障害物がなければその上方に見える可能性があるとのことだ(これも国土地理院のご教示による)。

で、最初の疑問への答は「海の方」には見えないということだが、では、野田はまったく根も葉もない所に、ただただ美的効果だけを狙って「金粉のような夕陽」のなかに「濃紺の富士」を思い描いたのだろうか。——私の考えは否だ。根も葉もある、というのが、少々強引な私の考えだ。かつて勝鬨橋から見た光景なら、「東京文学散歩」の読者であれば覚えがあるはずだ。——いうまでもなく、決定版「その二」コースの第八節「勝鬨橋」中の、橋上から川上や川下、さらには後方の築地方面を見まわしたシーンである。

そのなかで最も印象的な光景が、「暗い空の一角はるかに、そこだけが不夜城のように明るい真昼のような照明」をみせて浮かんでいた「大建築」＝聖路加病院、であったことは誰もが認めるところだろう。「かつてそれは冬の夕暮だったが」というのも、「その二」コースの散歩が一月初めであったことと一致する。だとすれば、野田は七年前のこの強烈な印象を甦らせて、「海の方」の「金粉のような夕陽」のなかに「濃紺の富士」を思い浮かべたのではないだろうか。

もちろん、確証などありはしない。しかし、もしもそうだとすると、これこそは「東京文学散歩」＝フィクション、の最大の決め手となるのではないだろうか。本章ではフィクションをめぐる議論を何度かしてきたが、聖路加病院→「濃紺の富士」説はそんな本章の締めくくりとしてもふさわしいものであったかもしれない。

さて、ここからの帰りは、大江戸線の勝どき駅が便利だ。勝鬨橋から四〇〇メートルほどの距離である。最後は、恒例の一服場所の案内だ。薬研堀《やげんぼり》という地名に魅かれて（若き日の私の研究テーマである郵便報知新聞社があった所）だいぶ以前に両国橋袂の「呉竹」という洋食屋に入ったことがある。ハンバーグなどがおいしいオーソドックスなレストランだったが、当時は気づかなかったけれども、なんとこの店は裏通りから入ると洋食屋、表通り（靖国通り）から入ると蕎麦屋という、和洋が連結したとんでもない名物店だったらしい。現在はマンションに建て替わって、表通りから入る蕎麦屋だけがリニューアルして残っている。店名は長寿庵（東日本橋二―二四―一六）。呉竹のことが忘れられずに、辛うじて洋食っぽいカレーうどんを注文したが、洋食屋の名残りかどうかわからないけれども尋常ではない肉のボリュームだった。

ここから靖国通りを少しだけ馬喰町方面に行ったレトロビル（イーグルビル）内にある「Bridge」というコーヒー店もおすすめ（日本橋馬喰町一―一三―九）。空襲にも耐えたビルだそうで天井の高い広々とした空間が何とも言えない雰囲気を醸し出している。もう一軒、永代橋方面で一服するなら、それこそ旧・永代亭に至近のカフェ・リコプラスがおすすめ（佐賀一―一二―七）。フルーツサンドを始めとするブレッド類が得意らしいが、私が食べたワンプレートのランチも盛りだくさんで一級品だった。

第六章

川のなかの別天地——中洲と佃島

†連載時にはなかったコース

決定版『新東京文学散歩 増補訂正版』(一九五二年)中の「その三 中洲・佃島・銀座・日比谷」コースは、唯一、『日本読書新聞』の連載時にはなかったコースである。連載終了後に急遽用意され、最初の単行本である『新東京文学散歩』(五一年)に収められ、本書が決定版と呼ぶ『新東京文学散歩 増補訂正版』にも収められた。

もともと用意されていたものが連載回数などの事情で新聞には掲載できなかったのか、重要な場所を取り落としていたことに気づいて急遽、調査・執筆して、単行本に間に合わせたのか。いずれにしても、補遺用には『新東京文学散歩 続篇』(五三年)もあったのだし、現に『煤煙』や寺島蝸牛庵などはここに発表されている。だとしたら、続編を待たずに急遽、単行本に間に合わせたところに、このコースへの野田の思い入れの深さをうかがうこともできるかもしれない。

今回のコースは、「川のなかの別天地」というタイトルからもわかるように、「その三」コース全体ではなく、中洲を中心にして、佃島をそれに添えるかたちで考えてみた。「その三」コースの前半のみ、ということになる。スタート地点は、「その三」コースの野田と同じ新大橋。最寄り駅は、都営新宿線と大江戸線が交差する森下駅である。より近い新宿線の駅からだと、三〇〇メートルほどの距離だ。ただし、あとでも触れるが、野田は「浜町河岸を歩いて新大橋の中央に佇《た》った」と書いており、その前が書いてないけれども、浅草橋方面から歩いて来たのかもしれない。野田のあとについて、という本書の趣旨からすれば森下からは邪道だが、当時は森下は都電の停留所しかなく、しかもどこからとも書いてないのだから今回は例外とさせていただこう。

新大橋から中洲に行き、中洲をめぐり、次は清洲橋《きよす》を渡って深川から門前仲町へ行き、相生橋《あいおい》を渡るとそこが佃島だ。これも中洲と同じようにいろいろまわった後、五一年にはまだ健在だった渡しを利用して明石町に、いっぽう現代のわれわれは渡しならぬ佃大橋を渡って、やはり明石町へ、という行程である。

決定版以降での扱われ方も見ておくと、『毎日新聞』での連載「東京文学散歩《ところどころ》」(五二年六月八日〜一一月二三日、全一八回)に佃島が、『アルバム東京文学散歩』(五四年)と東京文学散歩第一巻『隅田川』（五八年）に中洲と佃島が登場している。かすかに、ということであれば、『新東京文学散歩　続篇』（五三年）中の「芭蕉庵跡」にも距離が近いということもあって、中洲がチラッと出てくる。

「その三」コースの前文で野田は、日本橋川沿いや大川端を歩いた「その二」コースで「歩き残した私の好みの場所をたずねる」ために、再度大川端に挑戦することにした、という意味のことを言っている。そのトップバッターとして選ばれたのが新大橋であり、中洲だったのである。

†中洲とは

と、ここまで書いてきて、佃島とちがって中洲の知名度はそれほど高くないので、先に中洲の説明をしておいたほうがいいのではないかと思えてきた。もっとも、私が拙い紹介をするまでもなく、野田がちゃんとまとめてくれているので、それを使わせてもらうことにする。ただし、野田の中洲の説明はだいぶあとのほうに出てくるが、私としては最初にしておいたほうがいいのではないかと思った次第。このへんは、五一年当時と今との中洲の知名度のちがいということも関係しているのかもしれない。まず、野田の説明をまるごと引いてみると、「中洲は日本橋の浜町と蠣殻町《かきがらちょう》と箱崎町の前に、隅田川の中に押し出されたような横長い三角形の周囲を水に囲まれた狭い島である」と簡潔に定義した後で、このように続けている。

明治四十年の「東京案内」によると「浜町三丁目東南の大川中に築立《つきたて》たる市街地なり。安永元年一旦塡築《てんちく》して三町余（約九千坪――藤井注）の地を得、三股富永町《みつまたとみながちょう》と称せしが、寛政元年之を撤し、後漸次《ぜんじ》洲渚《しゅうしょ》となし、蘆葦《ろい》叢生《そうせい》の地たりしが、明治十九年再び埋築《まいちく》して、今の町名を加う」とある。その形は魚の臓の空気袋のようである。浜町と中洲とは川を挟んで接している。その川は隅田川に注いでいるが、その浜町の河岸を「あやめ河岸」という。昔は野生のあやめでも群生していた所でもあろうか。

ここまでが中洲自体の説明だとすれば、次は野田お得意の地理説明である。今は高速道路のインターチェンジで有名となった、もう一つの島である「箱崎」との関係が、中洲の説明には欠かせないことがわかる。

又隣りの箱崎町も、その隣りの新川から霊岸島、越前堀も、実は四方を水に囲まれた島で、箱崎を親島とすれば、中洲は子島のような感じである。然し昔は箱崎と中洲との間は橋もなくその間は荷舟の著《つ》く河岸でもあったらしい。中洲に通ずる町は、だから昔は浜町だけで、「あやめ河岸」から男橋と女橋という二つの橋が架っていたという。その後、隅田川対岸の深川（今の江東区——原注）から大きな堂々とした清洲橋の大鉄橋がこの中洲の中央に通ずることとなって、男橋と女橋との中間に、その清洲橋から走って明治座の方に向う道路にあやめ橋が架けられた。そして中洲と箱崎との間には中洲橋が架けられた。つまり戦争前の中洲はあやめ橋を経て浅草方面へ、中洲橋を経て日本橋京橋方面へ、清洲橋を経て深川方面へ夫々通ずる三本の幹線が集った大川端の要点であったのである。

†後まわしにされた土地の説明

野田お得意の全体を俯瞰したうえで、それを「三本の幹線が集った大川端の要点」へと絞り込んでみせた、見事な概括だ。中洲の知識としてはこれくらいあればとりあえずは十分だが、先にも言ったように、これらの説明は「だいぶあとのほうに出てくる」。なぜ野田は先にこれらの説明をしなかったのだろうか。

野田の「文学散歩」といえば、たいていの場合、まず町歩きがあり、次に土地の説明、それに続くのが作品の紹介、というのが通常の（！）流れだ。ところが、「その三」コースの第一節である「空想の中洲・現実の中洲」は、そうはなっていない。確かに、最初の一文だけは、町歩きが始まるかのような書き出しとなっている。冒頭で紹介した「私は浜町河岸を歩いて新大橋の中央に佇った」という一文である。しかし、それに続くのは橋の歴史の短い紹介であり、町歩きが始まる気配はみられない。その代わり、唐突にというか、こんな一文がさしはさまれる。――「この橋上から川下の右岸に当る場所に中洲の一角でも見えはしないかと、私はそれを験《ため》しているのである」。

†野田の中洲への関心

まるで、野田の中洲への関心がこの一文に凝縮されてでもいるかのようだ。では、これを受けて、見たり、訪れたり、へと進んでいくかと思うと、話は突然、佐藤春夫の『美しい町』(一九年)へと移っていく。そしてなぜ『美しい町』について語り出したかについては、「実は私は或るロマンチックな小説の中に描かれている中洲を、しばらく現実とは離れて空想的に眺めてみようと思っているのだ」と説明している。

これが、現実の中洲のことは考えずに、小説の中の中洲のことだけを考えよう、という意味であるとすれば、これは小説の読み方としてはごく一般的な態度であると言えよう。この直後から『美しい町』の長い紹介が始まるので、現実のことや現実の中洲のことはさておき、作品世界に身を任せて、書かれてあることだけを素直に受け入れつつ小説の流れについていこう、との態度表明であると言い換えてもいい。

ここで気になるのは、宙ぶらりんになってしまった「この橋上から川下の右岸に当る場所に中洲の一角でも見えはしないかと、私はそれを験しているのである」という一文である。確かに、いくら通常の順序が、町歩き↓土地の説明↓作品の紹介だからといって、作品の紹介を前に持ってくるような書き方だってないわけではない。だから、それはいいとしても、問題は、中洲への関心がここに凝縮されてでもいるかのような先の一文の落ち着き先である。野田はこれを、どこに、どう、着地させようとするのか。もちろん、その過程で、順序はともかくとして、町歩きと土地の説明と作品の紹介をも織り交ぜていかなくてはならない。

†『美しい町』

さて、それはともかくとして、この直後から始まる野田による『美しい町』の長い紹介だが、実はこれについてひとこと断っておかなくてはならない。『美しい町』には、最初、作家である「私」と友人O君、O君の新しい知り合いの画家E氏が登場し、O君に連れられて築地のホテルにE氏を訪ねた「私」にE氏が語る話が、入れ子状の小説として出てくるのだが、野田の紹介中にはこの入れ子状の小説しか出てこないのである。つまり、入れ子状の小説である「画家E氏が私に語った話」＝小説『美しい町』であるかのように説明されているのだ。

もちろん、そうした紹介の仕方もありえなくはないし、本章の叙述に差し支えるというわけでもないので、それはそれでいいのだが、野田が小説『美しい町』として紹介している「画家E氏が私に語った話」は、いくら長い紹介とはいっても文庫本で二ページ余りに過ぎないので、ここでは私（＝藤井）が代わって紹介してみることにしよう（特に、中洲や新大橋にかかわる部分を中心として）。

――今から八、九年前、「私」（E――藤井注）が二一、二歳の頃、巨額の遺産を相続したテオドル・ブレンタノなる青年富豪から招かれ、滞在先のホテルを訪ねたところ、彼は幼馴染の川崎某であったことがわかる。そしてその川崎の夢が巨万の富を使った〈美しい町〉の建設であり、協力を依頼されて快諾したEは、東京市中という条件に合う候補地を探すうちに、中洲を描いた司馬江漢の銅版画に辿りつく（ここで初めて作中に中洲が登場するが、新大橋のほうはまだここには登場していない――藤井注）。

「私」（E）と川崎が中洲を下見に行くと、「私」には「たゞごみごみしたとりとめもないうすら寒い気持ちの場所」にしか思えなかったのに対して、川崎のほうは「充分満足している」ふうで、「まあ、橋（新大橋――藤井注）の上へ行って見ようよ。司馬江漢もきっとそこから写したものだろう」と誘う場面で、初めて新大橋が登場している。これには「私」も、「なる程、橋の上から！」と賛成する。

「橋というのは新大橋のことなので、それはまだ今の新大橋にならない以前であったが、元の新大橋は今のよりずっと下手《しもて》に、中洲に近いところにあった。それは……」と言ってEは、話の聞き手である私たち（「私」とO）に地図を書いてみせ、島の突端である「美しい町」の候補地を黒く塗りつぶしてみせる。

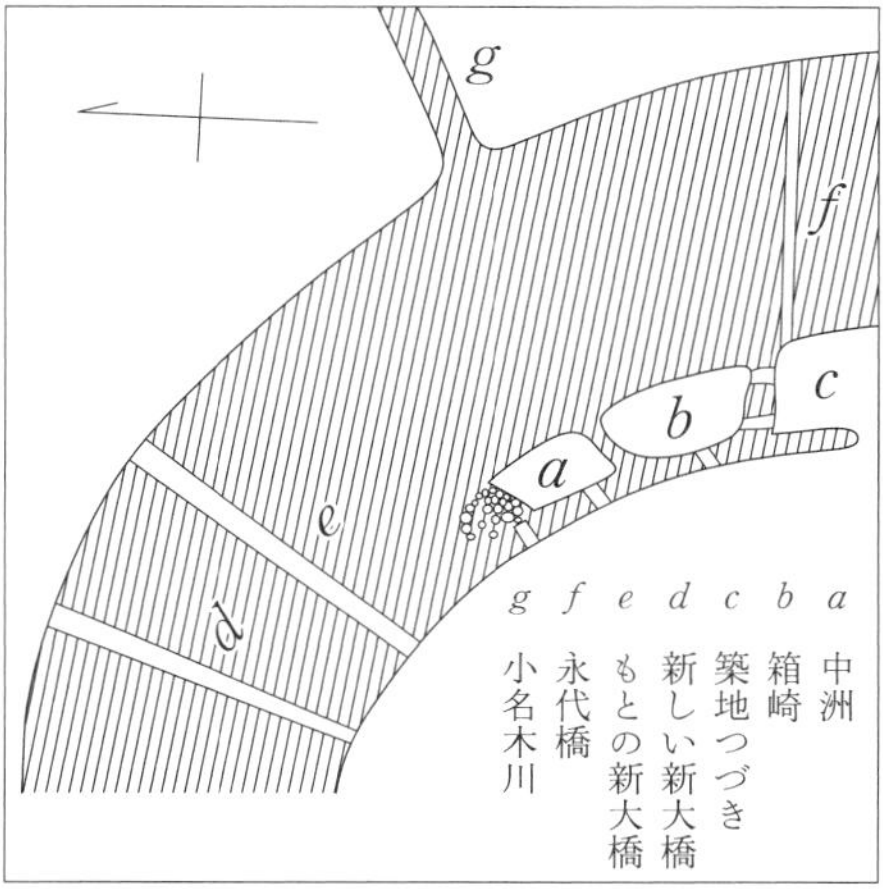

新旧の新大橋（『美しい町』より）

以上が、中洲や新大橋にかかわる部分の紹介だが、『美しい町』ではこの候補地は「橋の上から最もよく見下すことの出来る部分」とも書かれているから、この部分にヒントを得て、野田の「この橋上から川下の右岸に当る場所に中洲の一角でも見えはしないか」という関心は引き出されたと想像される（現実には一九一二年に新大橋は中洲から離れた現在地に移転しているので、野田の時代はもちろん『美しい町』発表時にも見えはしないのだが）。

もっとも、野田によるあらすじ紹介中には、主人公たちが「隅田川の一角に小さな島をなす中洲の新大橋寄りの一角の土地を手に入れようと」したとはあっても、旧・新大橋から中洲が見えるかどうかなどといったことはいっさい書いてない。それも当然で、そもそも『美しい町』のなかには新大橋に関して、前掲の「橋というのは新大橋のことなので、それはまだ今の新大橋にならない以前であったが、元の新大橋は今のよりずっと下手《しもて》に、中洲に近いところにあった。それは……」と「橋の上から最もよく見下すことの出来る部分」以上の踏み込んだ記述はないのだから。

†地理マニア的関心

要するに、「橋の上から最もよく見下すことのできる部分」という作中の記述からヒントはもらったにしても、「この橋上から川下の右岸に当る場所に中洲の一角でも見えはしないか」というのは、野田の一方的な、それも『美しい町』という作品とは何の関係もない、地理マニア的関心に過ぎなかったのである。

ここで、これまで見てきたことも含め、『美しい町』が志向するところと、野田が志向するところとの一致不一致問題を整理してみよう。実は『美しい町』は、天性の空想家で「父親譲りのペテン師」である川崎の荒唐無稽な美しい町建設話に、「私」(E)や、このあと登場する建築技師の老人が翻弄される話だったのである。そしてここでの中洲の役割は、美しい町の建設予定地というだけであった。新大橋に至ってはそれよりもさらに軽い役どころだ。中洲を建設予定地と決めるにあたって、橋(旧・新大橋——藤井注)の上から見てみようと川崎が誘う場面がほとんど唯一の登場シーンなのだから。

これに対して野田の関心は、見てきたように「この橋上から川下の右岸に当る場所に中洲の一角でも見えはしないか」というところにあった。だからこそ、この野田の関心は『美しい町』を前にしては宙ぶらりんにならざるをえず、野田の最大の関心事である見える/見えない問題は、『美しい町』の紹介が終わる頃になってようやく浮上するしかなかったのだ。で、それに連動して、中洲の地理説明も後まわしにされざるをえなかったというわけである。

昔は今の新大橋がもうすこし川下にあって、そこから中洲の狭い島の町全体がよくみえたという。Eもそれを見るためにやって来たのである。

だが、この小説「美しい町」が書かれた頃と同じく今は新大橋は幾分川上に移り、私はついに中洲をそこから見ることが出来ない。
見えない中洲、それが美しいと私は思いながら新大橋の浜町の袂を河岸沿いに中洲の方へ歩きはじめた。

野田がここまで作品本来の姿とは関係ないところで、地理マニア的に土地への関心をあらわにするのも珍しい。それは元々は『美しい町』の何気ない一節（＝「橋の上から最もよく見下すことのできる部分」）に導かれたものであったかもしれないが、少なくとも作品のほうは、中洲や新大橋とはさして関係ないところで完結していたのだから。これに対して野田のほうは、見える／見えない問題に、『美しい町』とは関係ないにもかかわらず強い関心を示す。『美しい町』が書かれた頃も今も、橋が移動したせいで橋上から中洲は見えない、見えないがゆえにそれが美しく思われる、とも言っているが、これも本来は『美しい町』とは何の関係もない話だ。

いずれにしても、『美しい町』とは無縁のところでの中洲の理想化であり、その理想化された中洲を抱いて野田は中洲に足を踏み入れる。もっとも、中洲の理想化に『美しい町』がまったく無関係だったというわけではない。小説の中では「美しい町」というのは、もともとは中洲とは関係なく、一〇〇軒くらいのシンプルで機能的な戸建て住宅からなる近代的な町、という意味だったのだが、語感の魅力にひかれた野田がそれを中洲と勝手に結びつけ、中洲＝美しい町としてしまったのだ。――「見えない中洲、それが美しいと私は思いながら」とか「私は「美しい町」の幻影が、この中洲に足を踏みこんだ瞬間に、もろくも崩れて」とかいった部分からもそれがうかがえる。

†現実の中洲へ

ところで五一年当時の中洲の様子はこのように描かれている。

戦火はこのあたりの街衢《がいく》全体を一朝にして灰燼に帰した。昔の名残りの男橋は木橋であったから瞬く間に焼け落ちて、今は僅に水の上に焼けた橋脚のあとを黒く残し、両側の道も閉されている。その他の橋はどうやら生き残った。

町並みはといえば、浜町側でも、それと向き合う中洲側の突端（「美しい町」の候補地）でも、待合や料理屋が復活しており、中央部から箱崎寄りの一帯は耐火造りのおかげで焼け残った灰色の倉庫群が建ちならび、といった状態だった。

私は「美しい町」の幻影が、この中洲に足を踏みこんだ瞬間に、もろくも崩れてゆくのを感じた。然しそれは私の予期していたことでもあった。実は、もうその時現実の中洲の中に或る大きな近代文芸の夢の跡をみつけようとしていたのである。それは真砂座という明治時代から大正時代の演劇史上にその名をとどめた劇場の跡である。

この節のタイトルである「空想の中洲・現実の中洲」の「空想の中洲」とは、真砂座《まさござ》やそれをとりまく花街でにぎわうかつての中洲と、「美しい町」という語感で美化された中洲との両方を指すと考えてよいが、戦後の、現実の、中洲に足を踏み入れた途端に、その空想なり幻影が崩れ去ったと言っているのである。

「私はあやめ橋から焼け落ちた男橋の橋脚を水の中にかなしく眺めた。そしてやがて中洲の中央に私は佇《た》った。前面に巨大な清洲橋の鉄の橋梁がまるでこの小さな中洲を威圧するように聳えている」。ここから野田は狭い中洲を一周している。「「美しい町」の敷地の中洲の突端」へ。波打際には待合や料理屋が復活していた。さらに進むと自然と曲ってまた元の中央に戻る。今度は大きな倉庫の間を箱崎方面へ。中洲橋の手前を通ってさらに進むと女橋に出る。

「真砂座の跡はこの女橋から来る道と、中洲橋から来る道の、十字路の角に、今の中洲橋の方を表にして建っていたのだという」。野田が訪ねた時は「大きな黒い倉庫」になっていたが、現在ではマンションに建て替わり、小さな丸い自然石の碑も置かれている（日本橋中洲五—一）。ここは漱石の『吾輩は猫である』が上演されたことでも有名だが、野田は中洲を舞台にした小山内薫の小説『大川端』の紹介に力を入れる。「この小さい中洲の島の町で、約二百坪を領していた真砂座は、町中でも他を圧して大きな存在であったに違いない。明治末年から大正にかけての演劇全盛時には中洲といえば真砂座であり、真砂座といえば中洲の代名詞でもあったろう」。それが「今は全く灰色の倉庫の町と化した」わけで、「女橋の上で海苔を乾している年とった女の影」（野田の「文学散歩」ではお馴染みのキャラクターだ）を見るまでもなく、野田が「現実に呼び戻され」るのは当然だった。「空想の中洲・現実の中洲」を地で行く展開である。

†決定版以降の中洲

このあと野田は再び島の中央に出て清洲橋から佃島方面に向かっているので、ここで決定版以降の中洲への言及をざっと紹介しておこう。時期的には『新東京文学散歩 続篇』（五三年）中の「芭蕉庵跡」に出てくるのが一番早いが、いくら「隣接」（芭蕉庵は隅田川の対岸にある）しているからといっても、当然言及はわずかだ。ただ、そこでもまた、新旧の新大橋やそこからの眺めに言及している。野田の中洲への関心がこの一点に凝縮されていたことがここからもわかる。「中洲は明治時代は大川端に一つの島をなす享楽的な別天地」ともあって、「美しい町」という語感で美化される以前にすでに中洲は「別天地」だったことになる。

この、私（藤井）が一貫して問題視している「「美しい町」という語感で美化」についてもう少し説明を補うと、『アルバム東京文学散歩』（五四年）の中でも「然し、この中洲は又途方もない詩人の夢を孕む地形でもあったらしく、佐藤春夫の「美しい町」をよむと、この中洲がロマンチストで大のペテン師の混血児ブレンタノの幻想の島として描かれるのである」と言っており、野田のこうした思い込みが根深いものであることがわかる。何度も言うように、「美しい町」とはブレンタノが計画した近代的な町（といっても詐欺であったわけだが）のことであり、中洲のことを指しているわけではない。ただ、「この中洲は又途方もない詩人の夢を孕む地形でもあったらしく」というのはその通りで、何度も埋め立てられては放置された、「隅田川の中に押し出されたような横長い三角形」の狭い島という、独特の地形が地理マニアの野田の心をとらえ、中洲といえば見える／見えない問題、という方向へと野田を導いていったのだ。

七年後の東京文学散歩第一巻『隅田川』（五八年）では、十分なスペースが割かれているが、それほど目新しい情報が提供されているわけではない。節名を列挙すると、「新大橋」、「「美しい町」」、「中洲と小山内薫」となるが、新旧の橋の位置と、見える／見えない問題への強い関心は一貫している。明治末につくられて震災と戦災とをくぐり抜けた新大橋は七七年に建て替えられたが、野田が再訪した頃は明治末年の橋が健在だった（この新大橋の一部は明治村に移設されている）。

†中洲で一服

「新大橋」の節を読むと、とにかく野田は新大橋を好ましく思っていたことがよくわかる。「私はこの隅田川で唯一の明治の感覚を持つ新大橋が好きで、ことに単純な欄干のデザインが面白いので、よくそれを見ながら、またその欄干を透して川上や川下の光景を見ながら歩くことがある」。「「美しい町」」の節はほぼ決定版の踏襲。ここでも、新旧の橋の位置と、見える／見えない問題が繰り返し出てくる。「中洲と小山内薫」の節は、真砂座で芝居作者の見習いとなった若き日の自己を描いた小山内薫の自伝小説『大川端』を詳しく紹介している。真砂座の歴史も詳しいが、やはり見どころは町歩き部分だ。

「木橋であったために戦災で焼け落ちたままの」男橋、「震災以来新しく鉄橋となっていたので今も西寄りの端に残」る女橋、真砂座あとの倉庫、いくつもの料亭の復活、「すっかり歩いて巡ると約十五分ほど」(『アルバム東京文学散歩』)の中洲の町歩きは、人のを読んでも(野田文のことだが)、自分で歩いても、とにかく楽しい。江戸時代から何度も「築立」「塡築」「埋築」(前出『東京案内』)されたり放置されたりした歴史がある中洲だが、もう一度復興させようとする粋人が現れてもおかしくないのではないか。その際、何よりも先にほしいのは、一服する場所だ。私が見落としたのかもしれないが、向島の「こぐま」のような、永代橋の「カフェ・リコプラス」のような、さらには馬喰町の「Bridge」のような店があったら、復活も夢ではないかもしれない。

†佃島へ

さてこのあたりでふたたび決定版「その三」コースに戻って、今度は佃島を訪ねることにしよう。佃島での野田の目的地は、島崎藤村を始めとして文学者たちが多く訪れたり滞在した新佃島東町《しんつくだじまひがしちょう》の海水館という下宿旅館だった。「ずっと以前から、私には一度は調べてみたいと考えていた憧れの場所があった」とまで言っている。「その海水館は深川門前仲町から越中島をすぎ、佃島によって隅田川が左右に別れて東京湾に注ぐ、その左の川口の相生橋を渡った新佃島東町の海辺にある」。

野田は当初、「大震災に焼け今度の戦災には焼けなかったとしても、海水館の名残りなど決してあろうなどとは考えていなかった」が、例のインタビューを繰り返しながら進んでいくと、「海水館ならばそこの角です」と教えてくれる人がいた。

岸辺に突き当って九十度に右折するその通りと、海岸との間に自然に三角形の土地が始まるのは、海岸の町によくみるところであるが、海水館も亦、そのような三角の頂点に門を開いて扇形に敷地を拡げた三階建の黒い壁をもった木造洋館であった。

私は一見してそれがアパートであることを知った。それにしても、毎日毎夜海風に洗われるためであろうか、この漁師町の端《はず》れのアパートにしては、清潔な感じが漂っている。もちろん、この建物は震災前の建物ではないこともすぐ判る。

†伊三郎氏の思い出

右にある母屋を訪ねると、文学者たちが出入りしていた頃にこの家で「少年時代から青年時代を送」り、「当時のことをよく覚え」「懐しがって」もいる坪井伊三郎氏なる人物が「色々と思い出を話して呉れた」。お得意の関係者インタビューである。新片町から仕事をするためにしばしば通って滞在していたという藤村（置屋のおかみらしい女性が忍ぶように通ってきていたというおまけ話もあった）。藤村のつてで小山内薫がやってきて、そのつてで左団次や猿之助もやってきて、他には、吉井勇、佐藤惣之助、木村荘八、竹久夢二、三木露風、日夏耿之介、松崎天民、横山健堂らの面々も芋づる式にやってきたという。

玄関の前庭や門の前は大きな船にでも乗っているような波の近さである。今は前面の海上に晴海町や豊洲の埋立地が新しく横たわり、その島いっぱいに工場の建物や煙突やクレーンが林立して、あたかも巨大な軍艦のようにみえるので、それに遮られているが、その埋立地が出来るまでは、海水館の窓から直接に海波をへだてて房総半島が望まれていたという。

†決定版以降の海水館

このあと、野田は渡し場のほうに移動するので、その前に決定版以降の海水館に関する言及を紹介しておこう。中洲と同じく東京文学散歩第一巻『隅田川』(五八年)中に、「海水館」という節名で載っている。ただし、これは決定版の記述を基にしたものであったかもしれない。そこに至るまでの越中島《えっちゅうじま》や、相生橋をつなぐ中の島公園部分などは新稿かもしれないが、「海水館」のほうは、尋ねあて、話を聞き(坪井伊三郎氏)、その内容と、ほぼ決定版と同じである。伊三郎氏が「明治二十年生れというから今年七十二歳である」というところは、決定版の五一年ではなく五八年に合わせた年齢になっているが、それにしてもインタビュー内容はそっくりそのままであり、再訪した形跡は見られない（ただし、続く「佃島」の節で海水館前から電車通りを横切って、とは書いている）。再録に近い場合も必ず再訪するのが野田の流儀であるのに、もし再訪せずに書いたとしたらこれは珍しい。

海水館の現況だが、今は同じ場所に同名の八階建てのマンションが建っている（佃三―一一）。そしてかつて野田が「三角の頂点に門を開いて扇形に敷地を」と書いたその頂点部分に、海水館の碑と案内板が建っている。水面が見えない高さまで堤防ができているのはやむをえないとして、その堤防の向こう側に回ると、そこが遊歩道のようになっていて、川面を見下ろすことができる。往時の雰囲気は精一杯保たれていると言えよう。野田さんもこれなら文句は言わないのではないだろうか。

†佃の渡し

さていよいよ最終地点の「佃の渡し」である。

海水館の前の広い通りを一直線に電車通りの新佃島停留所を横切り新佃島西町をすぎ、危げな木橋を渡って古い町の一角に出る。ここは佃島の中心地の佃島である。佃町から大川対岸の築地明石町の端に渡る東京随一の渡し場佃の渡し場は、その木橋を渡った正面にある。

「佃島は謂わば今日の通称月島の全体の母島ともいうべき部分である」と野田は言っているが、佃島一帯（月島、石川島を含む）の歴史は埋め立ての歴史であった。当初は住吉神社を中心とする小さな島であったものが、北方に石川島、東南方面に新佃、そして西南方面に月島と、次々に埋め立てられ拡張されて今日に至ったものである。住吉神社と船着き場のあるもともとの佃島を、野田は「四角な小箱のように掘割で区切られている」とか「小箱の中の古い佃島」とか呼びつつも、そのいっぽうでは、「震災には痛められた」とか戦争中の強制疎開で「中心部をなす家の建て込んだ一番佃情調の濃《こま》やかであった部分は間引き疎開されて」「古い佃を愛する人々を落胆させ」てしまったとか、どちらかというと否定的に書いている。

しかし「東京文学散歩《ところどころ》」（『毎日新聞』五二年一〇月一一日）では一転して、「震災にも戦災にも難をのがれて、今も尚昔のままの古びた家が四方を水に取囲まれた狭い土地にかたまっている」（焼失しなかったことはまちがいない——藤井注）として、「遠い旅にでも来たような旅愁が湧く」、と肯定的にとらえ返している。この否定と肯定のはざまで揺れる思いが、ひょっとすると、『アルバム東京文学散歩』(五四年)中の、佃島の写真ののどかさを不思議がる相手と、とくとくとその良さを説いて聞かせる「私」という構成に投影されているのかもしれない。「これが何せ東京の中央区だと云うのだから面白い。いや東京の佳《よ》さって、案外こんなところにあるのじゃないかね」という「私」の締めくくりの言葉が野田の本音だとすれば、「川のなかの別天地」という称号は佃島にもあてはまると考えてよさそうである。

否定と肯定のはざまで

いつのまにか決定版以降の紹介に入ってしまったが、残るはあと一つ、東京文学散歩第一巻『隅田川』(五八年)中の「佃島」である。ここでは家康によって摂津の佃島から漁民らが招致されたのを機に始まった佃島の歴史を詳しく紹介している。決定版以降の「文学散歩」に特徴的な歴史紹介である。本家の本音を知ろうとしてわざわざ西淀川区の佃町まで行って神社の神官から話を聞くなど、徹底しているところが野田さんらしくておもしろい。

海水館前から電車通りを横切って佃島に向かうところなどは決定版と同じだが、かつては「危げな木橋」だった佃小橋が「昨年鉄筋に架け替えられた」など、変化も見られた。

「現実の街から突如空想の街へ、東京から江戸へはいった奇妙な旅人の思いが、ふっと心をかすめる」。「東京の何処よりも純粋に江戸の下町の生活様式を保持している」、「他では味わえない独特の佃島情緒を今日も濃く漂わせている」と別天地的側面を強調するいっぽうでは、いまの渡船コースにも「新しい橋が架けられて、この渡し船もついに消え失せるのだという」新情報もさりげなく挿入されている（佃大橋の架橋は六四年）。「しかし、この渡し船がなくなったら、その時こそ正保《しょうほう》元年（一六四四年）以来三百十余年の貴重な歴史を持つこの佃島も終焉の時である」――野田の言葉はいつになく厳しい。これに続く部分でも、三軒だけ残った佃煮屋に「客らしい人影は殆ど見当ら」ず、「上流下流を問わず注ぎこまれる汚水で、隅田川には白魚どころか、もう魚らしい魚もすまず、東京湾の魚も悪臭があって食えなくなった今日では、手のほどこしようもないのである」と悲観的である。

気質の面でも、かつては「もっとも古い歴史を持つ純粋な江戸ッ児」という「佃島の誇り」があったが、「今はもうその気概さえ感じられなくなった」。しかし、他方では野田は「東京の何処よりも純粋に江戸の下町の生活様式を保持している」とか「独特の佃島情緒を今日も濃く漂わせて」とも言っていたはずだ。要するに、ここでも否定と肯定のはざまで揺れる野田がいたというわけだ。「刻一刻黄昏《たそが》れてゆく川面に、相変らず船の往来は賑やかである」。「明石町の方から人々を満載した都営の渡し船が流れを横切ってくる」。明石町にかつてあったホテル・メトロポオルの幻影や、夜の訪れとともにシルエットとなって聳える「十字架の塔のある聖路加国際病院の建物」が、佃島側に立つ野田の注意を引きつける。それらを背にして、今度は薄暗くなった住吉神社の境内に足を向けた野田は、ここでの勇壮な夏祭りの光景をまざまざと思い出す。

「さまざまな今昔の思いにふけりながら、佃煮の匂いのする水際の道」を渡し場へと引き返した野田の目に入ったのは、「月島や晴海町や豊洲あたりの工場帰りの人々」のラッシュだった。この日、野田はこのあと明石町から勝関橋に向かったが、それについては第五章で詳述している。

さて、佃島の現況といっても、大きく変わったのは、渡しの廃止と佃大橋の開通（六四年）くらいか。渡し場の明石町側と佃島側には立派な「佃島渡船場跡」の碑もできているし、島の歴史は十分に大切にされているように見える。良いほうの目立った変化は、やはり隅田川の水質改善（したがって悪臭もほぼなくなった）だ。あとは佃島から月島一帯にかけて林立する高層マンションへの評価だが、こればかりは立場や見方によってさまざまだろう。とにかく、月島や佃島の高層マンション群には圧倒される。

帰り道だが、いちおう本コースでは佃島から佃大橋を渡って明石町側に辿りついているので、だとすると少し歩いて築地駅か新富町駅《しんとみちょう》が最寄り。一服のおすすめ店は、聖路加病院そばの和菓子の塩瀬（明石町七―一四）。それと佃島・月島とくれば、やはりもんじゃ焼きだが、月島もんじゃストリート一帯（月島一丁目）にはお店が多すぎるので店名をあげるのは控えさせていただく。

第七章　麻布を一周する

†悪路の麻布一周コース

第二章「高輪尾根道を歩く」では、決定版『新東京文学散歩　増補訂正版』（一九五二年）の「その五　高輪・三田・麻布・麴町」中の「高輪・三田」を歩いた。そして「麴町」は第三章「番町文人町から横寺町へ」の最初に歩いたから、「その五」コースで残るのは、「麻布」のみということになる。節名で言うと、「飯倉片町の谷間」、「偏奇館《へんきかん》跡」、「龍土軒《りゅうどけん》」の三つである。

本書では基本的には決定版の七つのコースのどれかを基にして、それに手を加えて独自コースを作成しているが、本章に限っては、「その五」コースの「麻布」（「飯倉片町の谷間」「偏奇館跡」「龍土軒」）のあとに、二〇年後の『改稿東京文学散歩』（七一年）第五部中の「麻布と赤坂」から六つの節を抜き出したうえでつなげて、麻布一周コースとしてみた。六つの節とは以下の六つである。——「竜《ママ》土軒追想」、「芋洗坂《いもあらいざか》と岩村透」、「乃木希典生誕の地」、「蒲原有明の墓」、「麻布十番と北原白秋」、「麻布山の歌」。だから、このコースは地点から地点へはつながっているが、時期的には、五一年の「龍土軒」までと七〇年（『改稿東京文学散歩』に七〇年四月初旬に歩いたとある）の「竜土軒追想」からとのあいだには、大変な年代の段差がある。言わば、とんでもない悪路の麻布一周コースなのである。

「その五」コースの三つの節と『改稿東京文学散歩』の六つの節以外で、麻布一周コース上の土地について書かれたものとしては、『毎日新聞』連載「東京文学散歩《ところどころ》」（五二年六月八日〜一一月二三日、全一八回）中に「龍土軒小史 一〜二」、『アルバム東京文学散歩』（五四年）中に「飯倉付近」「龍土会追想」、『改稿東京文学散歩』中に「その五」コースと重なる「飯倉片町と島崎藤村」「我善坊谷《がぜんぼうだに》」「永井荷風偏奇館跡」などがある。これらのうちで、龍土軒、飯倉、偏奇館跡は複数回訪れているが、『改稿東京文学散歩』中のいくつかの節に登場する場所は七〇年の一度きりの訪問である。

現在、この麻布一周コースを歩こうとすると、出発点の飯倉交差点（かつての飯倉四ツ辻）は、地下鉄だと神谷町駅が最も近い。その飯倉交差点から外苑東通りを、藤村旧居跡などに寄り道しながら、飯倉片町交差点に向かう。そこを右折して三〇〇メートルほどゆるい坂道を上り、さらに右折すると、偏奇館跡のある旧・麻布市兵衛町《いちべえちょう》（今ではモダンなビルやホテル、マンションなどが林立している）はすぐそこである。

偏奇館跡からは適当なところで街を西に横切って六本木通りに出て、坂上の六本木交差点を右折すると、四、五〇〇メートルで龍土軒跡に着く。ここまでが決定版のコースで、そこから先が『改稿東京文学散歩』のコースである。ふたたび六本木交差点に戻り、そこからは有名な芋洗坂を下り、六本木ヒルズ横を通って、鳥居坂下、麻布十番へ。

そのあとは一周するためにもう一度藤村旧居跡に向かうが、決定版では藤村旧居跡は外苑東通りから下りてきたが、今度は逆に麻布十番・永坂町側から鼠坂・植木坂を登って行く。藤村旧居跡に辿りついたところでゴールインとなる。

†透谷・藤村の絆

出発点の飯倉は、第二章でも述べたように、島崎藤村が「近年までそこ（透谷終焉の地——藤井注）に近く住んで、透谷の真心をひそかに抱きつづけてもいた」場所である。芝公園の透谷終焉の地と藤村旧居跡とは六〇〇メートルほどの距離があるが、野田はそれを「芝公園直横に当る飯倉片町」（傍点引用者）という言い方をしており、死後も永く続いた友への思いに野田が深く心を動かされていたことがわかる。『アルバム東京文学散歩』中の「飯倉付近」では、「歩いて七八分の芝公園まで藤村はよく故友を偲びながら散歩したようである」とも言っているが、存命中によく訪ねたことは藤村自身が書いているけれども（ただし、その頃は飯倉居住ではない）、亡くなってからも「よく故友を偲びながら散歩した」のかどうか。はっきりしているのは、野田の二人の友情を貫く思う気持ちであり、それが以上のような表現の背後にあったことだけはまちがいない。

ともあれ、透谷・藤村の深い絆を感じながら、野田は芝公園から飯倉へと向かう。

紅葉館跡から元水交社の前の坂を下りると飯倉一丁目の電車停留所の傍に出る。そこは飯倉の坂の中途に当り、三叉路の岐点にもあたる戦災あとの街である。左はゆるやかな下り坂となって飯倉四丁目から赤羽橋へ通じ、右も亦ゆるやかな下り坂となって電車が神谷町から虎の門へと通ずる道。それを横切って正面の青山一丁目方面へ通ずる電車道に添って坂を登ると……

例によって見事な俯瞰的な土地描写である。飯倉交差点から三方向に向かう三差路（細い道もカウントすれば実際は四差路（？）だが）が的確に説明されている。野田自身はここにはとどまらずに、すぐに外苑東通りを飯倉片町の方に向かっているが、われわれとしてはちょっとこのあたりを徘徊してみたい。まず旧・電停前には西久保八幡神社（虎ノ門五―一〇）がある。高台にあるので一休みしてあたりを見回すにはかっこうの場所だ。また、赤羽橋の方から来た道（旧・飯倉村往還）は明治の中頃までは飯倉からまっすぐ北に向かい、突き当たったところを右折して神谷町の方に向かっていた。

今でも飯倉交差点から大通りを右にゆるく曲がらずに、まっすぐ進んで旧道の細い路地に入っていくと、その頃にでも迷い込んだような錯覚に陥る。そして突き当たったところを右折すれば神谷町方面だが、左折すると、そこには階段状の細い坂道がある。こうした形状の坂道を「雁木坂《がんぎざか》」というそうだが、文学とも歴史とも特に関係はないが、こんな賑やかな街にこんなひっそりとした場所が、と思うようなところだ。

†藤村旧居跡

さて、ここはこれくらいにして野田を追いかけるとしよう。大通りの左右にはさまざまな建物があった。郵政省ビル、ソヴィエト大使館、元の中華民国大使館。その大使館前の「急な狭い坂をだらだらと下り」、「下り切って平らになった狭い道の左側は鉄柵のある崖で、崖下は狸穴《まみあな》、その右側の古い家に藤村は麴町六番町に移るまで住んでいたのである」。

旧居のまわりの様子を書いた藤村自身の文章や、野田自身の戦前に訪ねた記憶に基づいて探すと、植木坂という「思ったよりも急で狭い坂」を下り切った所の右側の奥に、藤村が住んだ「二軒並んだ小さい借家の奥の一軒」(『改稿東京文学散歩』では「三軒並んだ二階家の一軒」と書いている)の跡を見つけることができた。野田の記憶では、前の借家の「横の狭い石段を二三段下りたところで潜戸《くぐりど》をくぐらねばならなかった」。「焼けあとの壺の底のような場所」で、「飯倉片町の谷間」とでもいうような場所であった。

ここは震災では難を免れたのに、「大戦によって灰燼に帰したことはまことに惜しいことである。今更に戦争への憎悪感が感じられるのも、この谷間の静寂な町なればこそ、ひとしおである」。ここから野田はその先へと歩を進める。旧居跡まえの植木坂と連続した鼠坂である。そしてここの風情が野田を和ませる。

時も春先きの三月七日、鼠坂はそのあたりだけ戦火を知らなかったとでも語り顔に、丁度炭坑の坑内のゆるやかな入口を思わせて、小暗い雑木の中を古色豊かに森元町の方へ流れている。みれば点々と椿の花さえ赤く枝先に混えて、恰《あたか》も藤村在りし日をそのままに物語っているかのようである。

†その後の植木坂周辺

この場所について野田はその後、『アルバム東京文学散歩』と『改稿東京文学散歩』中の

「飯倉片町と島崎藤村」と、二度書いている。五三年刊の前者では、植木坂の向かい側にわずかに焼け残っていた土蔵やコンクリートの建物は健在だが、旧居跡の方は「昨年あたりから土盛りがはじまり石垣が出来て、一寸見当もつかない位になってしまった」と嘆いている。

興味深いのは、後者に見られる二〇年近く経った植木坂周辺の様子である。旧居跡の方は「焼跡の塵芥で埋め立てられて、いささか地形も変り、その跡には小形のまだ新らしいマンション」が建てられたが、「戦災にも焼けなかった旧家の土蔵」のほうは「戦前の落着いた麻布の民家の見本のように一つ残されている」というのだ。

さて、さらにそれから五〇年以上経った植木坂周辺の現況だが、さすがに例の土蔵は高層マンションに取って代わられており、旧居跡の「小形のまだ新らしいマンション」も四階建ての新しいマンションに建て替わっている（麻布台三―四―一七）。それでも敷地内には旧居跡を示す碑と案内板も建てられており、野田さんが見たら胸を撫で下ろすのではなかろうか。マンションの横には昔風の路地も残り、雰囲気をわずかながら伝えている。建物以外の自然環境はといえば、坂も樹木も、さほど変化をこうむったようには見えなかった。野田の言葉を少しだけ借りて言えば、「このあたりだけは大きな開発を免れたとでも語り顔に」、われわれを迎えてくれるのである。

†我善坊谷

さて、ここらで「その五」コースに戻ることにしよう。このあと、野田は植木坂を登って電車通りに出て、今の飯倉片町交差点（ただしこの頃はT字路）のところを右に曲がり、麻布小学校横を通って偏奇館跡のある麻布市兵衛町に向かうが、実はその手前で重要な場所を素通りしてしまったことにこの時の野田は気づいていない。『改稿東京文学散歩』で初めて紹介される我善坊谷《がぜんぼうだに》である。

それにしても、東京のど真ん中にこんな場所がついこのあいだまではあったとは、信じられないくらいだ。飯倉片町交差点から麻布市兵衛町方面への高速道路下の道の「二十年前にくらべると酷い変り様」にへきえきしながら「次の曲り角から右へ、我善坊町に入ったとき、わたくしは何となく別世界に逃れたような、ほっとした気持になった」と書いている。

「ほぼ東西に楕円形になった谷間の住宅街」の「中央を縦に一筋、串のように道が貫いている」。野田はその道をゆっくりと歩く。「南側は飯倉町の丘で小学校ビルにつづいて郵政省ビルがそびえているし、北側はもと市兵衛町の丘なので、陽陰の町という感じがする」。市兵衛町へ行くのが目的の野田は、小さな十字路を左へ曲がり、坂道を登り始める。

坂の道幅は狭く勾配はかなり急で、いそぐと息切れを覚える。一歩一歩我善坊谷の町のいらかが眼下にひろがってゆく。一本の桜のかげで歩みをとめた。こんなたのしい逍遥の坂道があり、坂道の下に忘れられたような谷間の町が眺められるのも、麻布なればこそだと思った。

野田によれば、我善坊谷はもと増上寺《ぞうじょうじ》の属地で、江戸期には町役人の与力や同心らが住む組屋敷なるものがあったという。『改稿東京文学散歩』の七〇年現在、我善坊などという、懐かしさを感じる「歴史的な町名」を辛うじて保っているが、「それも風前のともしびである」と野田は悲観的な予測を述べている。町名だけではない。周囲と比べてそこが「別世界」のように感じられれば感じられるほど、その世界もまた「風前のともしび」であることを野田は予知していたのではないだろうか。

それでも我善坊谷はその後も実に長く生きながらえた。野田の生前にそのともしびが消えることがなかったのは幸いというべきだろう。我善坊谷に開発のメスが入るのは、二〇一九年夏のことである。六本木ヒルズ、アークヒルズ、虎ノ門ヒルズと続いてきた都市開発の波が、虎ノ門・麻布台プロジェクトというかたちで我善坊谷にも押し寄せてきたのだ。

野田の文学散歩は多くの消えゆく町を本の中に残してきたが、この我善坊谷も残念ながらその一つとなってしまったのである。

†原田積善会

さて、ふたたび「その五」コースである。麻布小学校横を過ぎて「その通りの一部焼け残った街を右へ曲」ると、経済安定本部総務長官官舎の表札のある「豪勢な大邸宅」の前にさしかかる（麻布市兵衛町二丁目八九番地＝現・六本木一―八―七）。すると途端に野田のなかで怒りがこみあげてくる。「この数ヶ月焼けあとの東京のあわれさに馴染んだ私には、このような大邸宅が如何にも人道の敵の住いの如くうつるのだから、おかしい」。「経済安定本部の長官というそのいかめしい肩書きが私には気に入らない」。庶民派の野田のことだから、政治家や豪邸に反発してもおかしくはないが、この豪邸の素性を知っていたら、このような反応にはならなかったかもしれない。

実は、この「豪邸」は戦後は国に貸し出されて外務大臣公邸（日本国憲法草案審議の場ともなった）などを務めたが、もともとは財団法人・原田積善会の本部だったところである。『日本文化団体年鑑』一九三八年版によると、同会は原田二郎が「全財産を挙げて」「諸種の社会公益事業を援助」する目的で一九二〇年に創設したものであった。戦前は結核撲滅、戦後はハンセン病救済や母子福祉、老人福祉、少年保護などに貢献した社会福祉団体だったのである。『原田積善会100年史』（二〇二〇年）に掲げられたかつての本部の写真を見ると、そうした組織であることが外からわかるようなものは掲げられていないので、野田もただの豪邸、官邸と受け取ってしまったのだろう。

まわりが焼失したなかで、この「豪邸」の周辺だけは焼失を免れ、その後も長く生きながらえることになった。六〇年に親類筋の繊維商社八木通商がこれを引き受けた後も大切に維持され、七〇年に再訪した野田も「例の豪勢な邸宅が相変らずそこにあること」に驚いている（『改稿東京文学散歩』）。二〇〇一年に現在もあるアーク八木ヒルズ（のちに改称）が同地に竣工しているから、おそらくその数年前まで麻布台上にその優雅な姿を見せていたのではないだろうか。

†偏奇館の焼けあと

その「長官官舎に尻を向けて」、角にある派出所のところを道なりに左へ曲がると、例によって周到な道順説明が始まる。

桜並木のその道を約四五十歩、左側の低地になった焼けあとの新家屋をみながら進む。

左へ折れる片側路の下り坂に入る。すぐに正面の焼けあとにつき当る。左端は石垣の小高い崖になって下の民家へ続いている。その石垣の上は茂るにまかせた一群の笹藪のさざめき。その藪の右側に、麻布市兵衛町一ノ六難波治吉、と表札のある、新しい平屋の住宅が建っている。ここが、私のたずねる永井荷風の偏奇館の焼けあとである。

今さらながらだけれども、こうした周到な道順説明に野田を駆り立てたものは何だったのかと考えると、これに導かれてここを訪れようとする読者がまごつかないように、との理由以外には考えられないように思うのだが。今ならさしずめ動画案内だが、インテリのあいだでブームとなっていたアマチュア用撮影機に代わるものとしての文章、という自覚すらあったのではないかと思えてくる。

どうでもいいことかもしれないが、二年後の『アルバム東京文学散歩』では、この部分は、「正面の焼けあとにつき当る」前のところが加筆されている。――偏奇館の跡は「焼き払われた町と焼け残った町との間の、小さな坂のような露地を辿ったその奥の、小高くなった場所である」と。決定版では「片側路の下り坂」の描写がないが、『アルバム東京文学散歩』では、左右こそ書いてないが、「小さな坂のような露地」の片側は焼き払われ、もう片側は焼け残ったと具体的に書かれている。これは戦災焼失地図で見ても、確かにこの路地の右側の屋敷地区は焼失を免れ、左側は焼失していたことがわかる。

突当たりの六番地の様子にしても、六番地は正面の石垣の上の藪なのだから、決定版のような左のほうの石垣などの描写は不要で、『アルバム東京文学散歩』のように突当たりが「小高くなった場所」とあるだけで十分である。要するに、過不足なく、正確で、かつ、読者をまごつかせることのないような表現、を求めて推敲を重ねた結果ではないだろうか。

ともあれ、このあと決定版は、荷風伝のひとくち紹介、「われは明治の児ならずや」の詩の紹介、をすませると足早に六本木方面へと向かっている。言うまでもなく、次の訪問地・龍土軒を訪ねるためである。

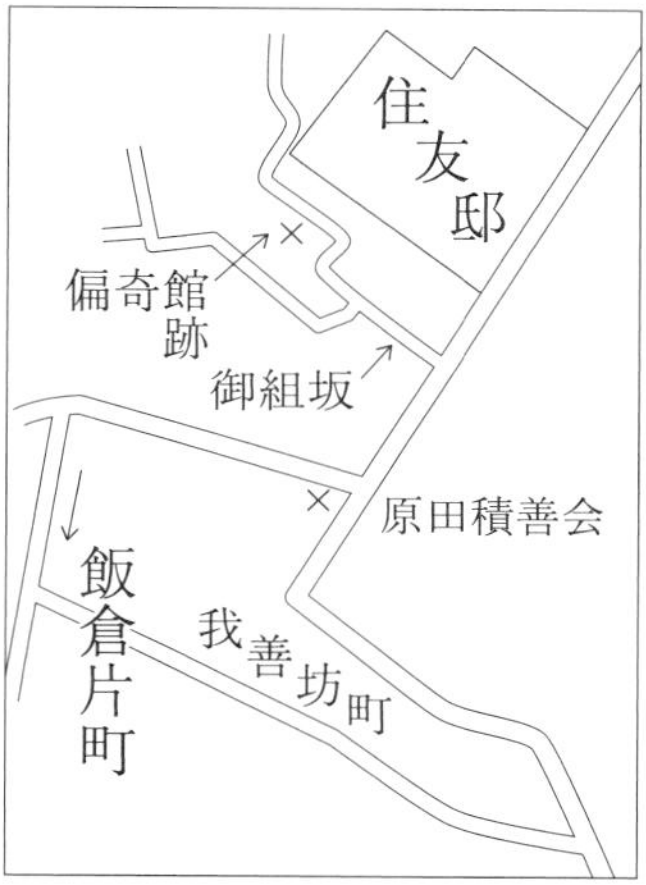

偏奇館跡

†その後の偏奇館焼けあと

その前に、二〇年後の『改稿東京文学散歩』中の「永井荷風偏奇館跡」の節を見ておくことにしよう。ここで野田が何よりも強調しているのは、かつてと今との「夢と現実ほどの違い」であった。「しずかだった麻布小学校前の通りは高速環状線が走って自動車の排気ガスが渦巻き流れ」、とか、懐かしい地名が見知らぬそれに変わり、とかの変化ももちろんだが、何よりも気がかりだったのは、「二十年前の偏奇館焼跡の笹原が、経済成長という社会の趨勢の中で、どのように変化しているか」だった。

案の定、かつて派出所前から左折して進んだ通りも、そこから左へ折れた下り坂も、すぐにはわかりかねる有様だった。そして肝心の坂下正面には新しいビル（マンション）が建ってしまっており、「これがはたしてもと市兵衛町の偏奇館跡かと、一瞬うたがいと不安の気持を感じた」と告白している。しかし、こうした「偏奇館跡のおそろしいほどの変り様」や「自分がまるで浦島太郎にでもなったような感慨」も、その後に起こったことに比べれば、しょせんは始めの一歩に過ぎなかった。

先に、もと原田積善会の本部の屋敷が解体されてビルができたのが二〇〇一年であると紹介したが、同時期にはこの一帯で大きな都市開発が進められ、偏奇館跡にも、ホテルやマンション、店舗などが入った大規模複合施設が建設された（二〇〇二年竣工）。通りから左に折れた小さな坂道こそ、かつての名前（御《お》組坂《くみざか》＝幕府の侍集団・御《お》先手《さきて》組《ぐみ》の屋敷があった——藤井注）とともに保存されたが（案内板もある）、その先の偏奇館があった「小高くなった場所」は、大規模複合施設建設のためにすっかり地均しされて崖や高台も姿を消した。それでもホテル前にはかろうじて偏奇館跡の案内板があるものの、具体的にどのあたりかとなると、地形がすっかり様変わりしてしまったために確かめようがないのである。ここらを歩く際にはそのことを覚悟の上で歩く必要があるというわけだ。

龍土軒へ

さて、麻布一周コース中の決定版「その五」コースも、あますところは龍土軒のみとなった。「偏奇館跡を去って道を六本木の方へ辿る。三河台町の電車通りに出て六本木の焼けあとに復興した交叉点を横切って」と、あっさり六本木交差点まで達しており、経路の説明はない。三河台町の電車通り、すなわち現在の六本木通りまでは四〇〇メートルほどだが、地図で見ると、「なだれ坂」「寄席坂」などといった趣深い名前の坂道もあるので、どうせ歩くなら名前だけでも風情を味わって、というのも一興だろう。

野田の文壇史記述の特徴は、パンの会研究の場合をみてもわかるように、文学者たちのたまり場や集会場（主にレストラン）に注目して、そこから彼らの交流をときほぐし、作品を読み解いていくところにあった。その意味では、もと麻布三聯隊近くの新龍土町に店を構えていた龍土軒への注目もいかにも野田らしい。龍土軒での会合は龍土会と呼ばれ、最初にこの店の常連となった西洋美術史家の岩村透を中心とした、当初は「画家作家詩人」らの集まりだったが、次第に作家たちが多数を占めるようになっていった。そしてそれは戦前を通してさまざまなかたちで続いたという。

その龍土軒が戦災を乗り越えて同じ場所に再建されたというのだ（一九四七年）。「龍土軒五十二年の歴史は、殆ど近代文学の歴史でもある。このように文学と深い関係を持ったレストランは、かなしいかな他にはもはや一軒も見当らない。それだけに私は新しい龍土会が再びこの麻布の一角に蘇ることを祈るのである」。

†その後の龍土軒

龍土軒について野田は、その後、「龍土軒小史 一〜二」（『東京文学散歩《ところどころ》』）と「竜土軒追想」（『改稿東京文学散歩』）という二本のエッセイを書いている。前者は龍土軒の歴史をたどりつつ、文人たちの寄せ書きや、常連だった二・二六事件の将校らの店にあてた遺書などを紹介。店は灰となったが、寄せ書きなどは「疎開」して無事だったことも稀有なこととして称賛している。

後者は、龍土軒が六九年に新龍土町（現・六本木七丁目）を去って西麻布（西麻布一―一四―四）に移転したことをめぐって、かつてあった場所を「心ならずも竜土軒跡と呼ばねばならぬのは、都市改造のはげしい東京とはいえ、残念の一語につきる」と嘆いたエッセイ。「明治時代からの芸術と国家変遷の生きた歴史でもあった竜土軒が永久になくなったのではないが、新竜土町から消えたのは惜しい」。芸術家たちの集まりの栄枯盛衰に触れ、寄せ書き・遺書を紹介しているのは、決定版以来の内容を踏襲。それよりここで注目したいのは、野田が店と土地とを切り離せないものとして考えていることである。人も建物も、野田にあっては土地に根を生やしてでもいるかのように捉えられているのであり、それこそが、まさに文学散歩者としての野田の存在証明にほかならなかった。

†六本木から乃木生誕地へ

ところで、この「竜土軒追想」からは、すでに『改稿東京文学散歩』のコースへと乗り入れており、ここからは一九七〇年に初めて訪問した場所が続いている。麻布一周コースの後半だが、前述のように、節としては、残りは「芋洗坂と岩村透」、「乃木希典生誕の地」、「蒲原有明の墓」、「麻布十番と北原白秋」、「麻布山の歌」の五つ。地点としては、芋洗坂↓さくら坂公園↓賢崇寺《けんそうじ》↓麻布十番↓善福寺、となる。そしてこれだけでは一周にならないので、次節「飯倉片町と島崎藤村」の冒頭の助けを借りて、一之橋↓永坂町↓狸穴公園と行くと、藤村旧居跡に続く鼠坂のとば口にたどりつく。

それにしても、偏奇館跡や我善坊谷に象徴される麻布台地区の大規模開発と比べて、六本木から麻布十番にかけての地域の景観に配慮した開発スタイルは、野田が元気であれば手放しで称賛したにちがいない。六本木交差点から下りていく芋洗坂からしてすでに名前といい、起伏やカーブの具合といい、往時の雰囲気をたっぷり残しており、それと調和するようにまわりに店ができているのだ。さらに進んで、鳥居坂下の手前を右折すると六本木高校の石垣ならぬコンクリート壁に突き当るが、下の道とは一〇メートルほどの高低差のある高台に位置する同校のコンクリート壁は、前身の城南高校時代からのものと思われるほど貫禄ある壁で、それが周囲の景観と馴染んでみえるほどに、全体が落ち着いた雰囲気におおわれている。

わたくしが六本木の十字路から、わざわざ昔ながらに道幅の狭い芋洗坂を下ろうとするのは、昔の北日《きたひ》ヶ窪町《がくぼちょう》に乃木希典の生誕地をたずね、なおその先の麻布十番を通って、丘の上の賢崇寺という古刹の墓地にある蒲原有明の墓に詣でるためもあるが、芋洗坂には先にものべた明治のすぐれた美術史家で、文人でもあった岩村透の家があったからである。

岩村は前節の「竜土軒追想」の中心人物であり、そのつながりで「芋洗坂と岩村透」が導き出され、そこからは芋洗坂をたぐるようにして、先へ先へと進んでいっている。六本木高校の高いコンクリート壁にそってさらに進むと「乃木希典生誕の地」となる。厳密には、いま六本木ヒルズがあるあたりにあった長門府中藩の毛利藩邸が生誕地らしいが、生誕の碑は少し南側のさくら坂公園内にある（六本木六―一六―四六）。野田がそれを探し当てるまでの経緯がいかにも野田らしくておもしろい。例のアクセント的人物が登場してきて、教えてくれるのである。

「通りあわせた中学一年生位の少女に、乃木大将と云ってもわからないだろうが、この辺りにこんな石の（と形を示しながら）記念碑のようなものが立っているのを知らないか、とたずねてみた。するとその少女はちょっと考えてから、墓でしょうと云った。墓ではないと云ってもわかるまいと思ったので、そうだというと、すぐに案内してくれた」。「曲り角の小高くなった北日ヶ窪児童遊園という狭い子供の遊び場の片隅の木陰」に、と野田は書いているが、場所は同じだけれども今はかなり大きくなったさくら坂公園内にその生誕地の碑はあった。

†賢崇寺

乃木の伝記紹介のあとは、賢崇寺の蒲原有明《かんばらありあけ》の墓である。得意の掃苔だ。「大黒坂の登り口左側に、印象的な長いゆるやかな勾配の石段がある。賢崇寺の寺域はその上の台地にひろがっている」。しかし、「あの特色のあった長いゆるやかな賢崇寺の石段のところをブルドーザーが動いて赤土が掘りかえされ、石段を車道に改造の最中である」。野田と有明とは晩年に親しく接した関係とのことで、祥月命日にしばしば詣でてもいたらしいが、ここ数年はそれもかなわず、「今日は久しぶりの墓参である」と書いている。

佐賀藩ゆかりの賢崇寺にはほかに、七里ヶ浜で遭難した逗子開成中学の一学生の墓や二・二六事件の受刑者二二人の墓があった。二・二六事件については「明治末の大逆事件以上に暗い人道否定事件」であると述べており、これなども、何でも盛り込める「文学散歩」という表現スタイルだからこその意見表明だ。

†北原白秋

「麻布十番と北原白秋」は、白秋がかつて住んだ麻布坂下町一三番地を探し求めるのが目的の節。白秋伝のかなり詳しい紹介、町名の目まぐるしい変遷の紹介、持参した大正期の一万分の一地図と現在の地図との突き合わせ。――結局一三番地は「現在の麻布十番二丁目十二番辺りになるらしい」となったが、有明の回想では、そもそも一三番地ではなく「一番地から五番地に亘る地域内」となっていた。興味深いのはここでの野田の反応だ。自説に固執するでもなく、別宅があったのかもしれないと想像してみたり、「今はこれ以上調べる根拠もないので」とペンディングにしてみたりと、決定的な根拠がない以上、決して断定しようとはしない。それに有明文にしても、しょせんは回想である。完璧であるはずもないし、といってまちがっているとは限らないし。そんなもろもろを包摂したうえでの柔軟な態度なのであり、史料との向き合い方についてもいろいろと考えさせてくれる。

†善福寺

「麻布山の歌」は、白秋が母と近くの善福寺（麻布山）に参詣した折のことをうたった文語体の詩で、「両親を労わる情の篤かった白秋の真心をしみじみと伝える長歌」である。野田はこれを有明の回想文によって教えられ、有明の思いを追体験するべく、善福寺を訪れたのだった。詩の中には近所の子供らが凧や独楽《こま》に興じ、そこにみずからの幼年時代を重ねて、母とともにほほえみながら眺める光景がよまれていた。「母と共にここに立った白秋は、凧をあげ独楽を廻わして遊ぶ子供の姿に自分の幼年時代をしのび、母の顔を仰いだのであろう。だが今は寺にたわむれ遊ぶ子供の姿もない」。

「麻布山の歌」の節は、後半は一転して善福寺の草創期の歴史や初代アメリカ公使館設置の歴史などを紹介しているが、「森が正面に見られなくなっているせいもあって、戦後荒廃の感じはひどい。境内の石畳の道も荒れるにまかせられ」とか、かつての「麻布第一の古刹善福寺とはもはや比べるよすがもない」などといった批判も目立つ。それでも本堂前に立つと、そこが子供たちの遊びの場であったこともあって、ようやく平静さを取り戻す。「わたくしは境内を一巡して裏山の墓地の石段から、善福寺の境内を見下ろした」。

このあと野田は、高速環状線が南北に横切る一之橋を避けて、「出来るだけ古い道路」を選びつつ、高速下を過ぎて麻布永坂町《ながさかまち》にたどりつく。――「永坂町のこんもりとした木立の多い丘の裾をめぐってゆくと、小さな公園の角に出た」(=狸穴公園)。ここでも野田は東京の公園は「子供の遊び場」に過ぎず、本来なら「大人でもゆっくり自然がたのしめるものでなければならない」と持論を展開しているが、公園の西側が「めずらしく樹木の茂る崖」で「その上には昔ながらの静かな永坂町がのこっているらしい」ことに気づき、その雰囲気に、これからまわっていこうとしている藤村旧居跡周辺の静けさを重ねて安堵する。旧居跡前の植木坂に続く鼠坂の入口はもうすぐそこなのである。

以上で麻布一周コースはゴールインとなる。五〇年後の現況は、前半の飯倉→市兵衛町間はすでに紹介したが、後半の六本木→永坂町間の、特にわれわれのコース周辺はそれほど目立った変化はない、と言ってもいいくらいだ。私が歩いてみて特に目についたのは、善福寺の裏手のほうにある高層部が膨らんだ形状のタワーマンションくらいである。このマンションは、賢崇寺からも裏手のほうに見え、よく言えばこのあたりのランドマークとして寺や町と共存しているようにも見えた。

それよりもむしろ特筆すべきは、永坂町から藤村旧居跡にかけての樹木におおわれた細い静かな坂道のたたずまいだ。一周コースは長すぎてどうも、という方はぜひこのミニコースだけでもお試しいただきたい。最後に帰り道だが、結局飯倉の藤村旧居跡にまで戻ってきたので、往きと同じ神谷町駅か、あるいは永坂町から戻って麻布十番駅でもいい。それと、このコースはどうも適当な一服場所が思い出せない。麻布十番周辺、六本木通り周辺など候補はたくさんあるので、皆さんのほうで挑戦していただきたい。

第八章　王道の文学散歩――本郷

†もっとも簡便な散歩コース

もっとも簡便な文学散歩コースはどこか、と聞かれたら、迷わず田端→本郷→日暮里《にっぽり》コースをあげる。田端駅北口に集合して、まずは駅前の田端文士村記念館（田端六―一―二）に入館して文学散歩気分を盛り上げ、歩いて一〇分ほどの芥川龍之介旧居跡（田端一―一九―一八）に向かう。次はそこから、芥川も書いている細い坂道を通って田端駅のレトロな南口駅舎方面に向かい、ただし駅への坂は下りずに、線路づたいの崖上の道を西日暮里方面に向かう。そのあたりはかつて道灌山と呼ばれた景勝地で、今でも樹木は豊かで、線路のはるか向こうには、筑波山も見えたかもしれないというような高台である。

西日暮里駅に向かう大通りを横切ると、やはり線路沿いの崖上に西日暮里公園があり、その先には諏方《すわ》神社もある。疲れたらここらで一休みして（おすすめの一服店はない！）、その諏訪台通りをお隣りの日暮里駅方面にまで行き、駅とは反対側に右折すれば、有名な谷《や》中《なか》銀座はすぐそこである。谷中銀座の坂を下りきったら左折して、よみせ通りと呼ばれる道をどんどん行く。三〇〇メートルほども歩くと、団子坂下につながる角に出る。ここを右折して不忍通りを横切って団子坂を上って行くと、坂上にあるのが文京区立森鷗外記念館（観潮楼《かんちょうろう》跡）である。

そこからは中学校や小学校を左の崖下に見ながら藪下道と呼ばれる道を日本医科大病院や根津神社のあるほうに歩いていく。わかりにくかったら根津裏門坂と呼ばれる大通りまで出て、右折・右折してもいいが、地図があったら、通りに出る前にどこかで右折して少し行くと、千駄木の夏目漱石旧居跡はすぐわかる。ここまでで芥川・鷗外・漱石の「御三家」は全部見たから、あとはきままに歩いて、帰るのに便利な駅に戻ればよい。もっとも、私としてはおすすめ店もあるので、地下鉄などに乗られたら困る。ぜひ日暮里駅を目指してもらいたい。

そのためには、まず根津神社をひととおり見物して、団子坂下にもどり、今度は往きに曲がった角を通り過ぎて、まっすぐ谷中霊園《ちょうそかん》のほうに向かう。そして霊園前の広い道の手前で左折する。目印は有名な朝倉彫塑館である。何の目印かというと、おすすめの一服場所がこの向かいにあるのである。薬膳カレーじねんじょ谷中店（谷中五―九―二五）というのがその名前だ。この店では、何度一服したことか、数えきれない。

なにしろこの御三家簡便散歩コースは、散歩の初心者である大学一、二年生を連れて私が毎年のように巡ったコースであり、その都度ここでアルコール抜きの打ち上げをしたところだからだ。「薬膳カレー」とか「じねんじょ」とかいう言葉からもわかるように、いろんな生薬がたっぷり入った鶏や野菜のカレーに、強壮効果のある(?)「じねんじょ」をトッピングして、いただく。だいたい、真夏とか真冬に行くことが多いので、夏バテにもいいし、冬は体があたたまる。ここにもスイーツはあるが、大通りに出て日暮里駅北口に向かう途中には、あづま屋というあんみつやソフトクリームがおいしい昔ながらの店もある。ここも御三家簡便散歩コースと薬膳カレーのあとに、二回に一回は立ち寄ったような覚えがある。

†本書の章構成

と、まあ、ここまでは落語でいうマクラのようなものだが、最後の章は、文学散歩の王道ともいうべき本郷周辺を、例によって野田に導かれて歩くとしよう。

本書の章構成について、理由を考えられた方もあるかもしれないが、実はさしたる理由はない。行き当たりばったりなのである。浅草・向島が最初になったのはちょうどその頃、蝸牛庵の位置を確かめに何度か訪れたからであり、記憶が新鮮なうちに、と考えたからに過ぎない。他の章も似たり寄ったりだ。高輪尾根道は、尾根道という捉え方が自分でもおもしろかったので、先に書いた。そのあとはほんとうに、思いつくままに、だった。ただ、そうこうして書いていくうちに、なぜか本郷が最後になってしまった。

そしてこれは自分でもふさわしいラストだと思うようになった。後述するように、本郷があったから、観潮楼があったから、そして木下杢太郎との出会いがあったから、野田は文学散歩を始めたともいえるからだ。そういう意味では、巻頭でもよかったのかもしれないが、計画性のなさが祟って前述のような滑り出しとなってしまった。でも、それがひょっとするとふさわしい最終章を用意してくれたのかもしれない。計画性のなさが吉と出るか、凶と出るか、まずは歩き出すとしよう。

†本章のコース

序章の「はじめに」で、本書独自のコースの提案理由の一つとして「より自然なグループ分け」をあげた。第一章で浅草と向島を一つにしたのもそのためだが、本章でも決定版の「その一　上野・本郷・小石川・お茶の水」の前に、「その六」コースに入っている「澄江堂《ちょうこうどう》廃墟」、すなわち芥川旧居跡を置くことにしたい。つまり滑り出しは芥川旧居跡で、そのあとは「その一」コースの冒頭のいくつかの節を省略して、芥川旧居跡→観潮楼跡と歩いてゆこうと思う。いうまでもなく、マクラとして使った御三家簡便散歩コースと重なるコースである。そのあとも最初は簡便コースと重なるが、基本的には「その一」コースにしたがって、千駄木の漱石旧居跡→三四郎池→無縁坂→湯島天神→森川町→森川町新坂→丸山福山町→小石川蝸牛庵→菊坂→お茶の水・聖橋《ひじりばし》、となる。

決定版以降でこれらの場所が登場するのは、『新東京文学散歩 続篇』(五三年)中に「一葉文学碑」と「啄木遺跡」、東京文学散歩第三巻『下町 中巻』(五九年)中に『雁《がん》』、定本文学散歩全集第四巻『東京文学散歩 山の手 上』(六五年)中に本郷・小石川関係が多数、最後が『改稿東京文学散歩』(七一年)中に「芥川澄江堂跡」、などが主だったところである。

†芥川旧居跡

さて、肝心の出発点だが、決定版「その六」コースでは正岡子規の眠る大龍寺から芥川旧居跡に向かっている。この時の野田は駒込駅から大龍寺に来ているが、必ずしもここでなくとも、簡便コースと同じ田端駅からでもさしつかえない。芥川旧居跡について野田は「先ず概略の場所を説明すると」と切り出し、そこが「田端駅の直上の高台の一角」で、大龍寺からは約一五分、田端駅前を通る「大きな舗装道路が台地の切通し道となって動坂《どうざか》に通じているが、その上に高く東台橋《とうだい》という陸橋が横切って」おり、大龍寺からの道はその橋を渡って旧居跡に達している、と説明している。これは現在でもほぼ同じである。

野田の訪問時は、「あたりは勿論戦災地である」が、戦災焼失地図で確認すると、今は田端高台通りと呼ばれている東台橋からの道の左右は焼けておらず、それが通りから離れて旧居跡のほうに近づくにつれて焼けた地域と焼け残った地域が混在するようになり、前の家は焼け残っていたのに芥川の家は焼けて「焼け残りのコンクリートの塀だけが立っている」という状態だった。「昔の門らしい台石」、芥川と名前の記された用水槽などが、五一年だというのに未だに散乱していた。

芥川家の敷地は独特の形をしており、それを野田は「角の入口跡を三角の頂点とすれば、一二〇度位に流れている両翼のようなコンクリートの塀は三角形の斜線で、可成《かな》り広い屋敷であったことが判る」と描写している。そして定番の伝記紹介に続けて「これが終《つい》の栖《すみ》家《か》の跡かと思うと、戦後の風は無常でもある」、「何かこの地に澄江堂主人芥川の記念の碑でもほしいと思うのは私一人ではあるまい」と締めくくっている。

ちなみに、この記念碑待望論は一八年後の訪問の際も持ち出している（「あれから今年はもう十八年になる」。――「芥川澄江堂跡」『改稿東京文学散歩』七一年）。この「芥川澄江堂跡」はそれなりの分量は費やしているにもかかわらず、決定版の再掲が多く、残る部分も芥川賞作家たちの顕彰も兼ねた芥川賞記念碑を「空想」するなど、精彩を欠く。文学散歩の一般論として再訪・再論の意義について考えさせられてしまうエッセイだ。それはともかく、現在、旧居跡の三分の二くらいは空き地となっており、記念館の建設予定もあるらしい。そうなれば記念碑くらいやすやすとできるはずで、野田の一八年（プラス五四年？）越しの願いもかなうことになる。

†観潮楼跡

さて、ここからは「その六」コースから強引に「その一」コースの途中に割り込むとしよう。「その一」コースの「観潮楼跡」の節の冒頭は「谷中の坂を電車通りまで下り切ると、向うの坂が団子坂である」とあるので、読者の皆さんは、例の簡便コースを歩かれるとちょうどいい。往きの谷中銀座↓よみせ通りルートでも、帰りの逆の日暮里↓谷中霊園入口↓団子坂下ルートでも、どちらでも構わない。

「ここら一帯は焼け跡の新興バラック町、以前にもまして騒々しい一角の電車通りを横切って」野田は観潮楼跡を訪れる。まずは団子坂の歴史紹介、次いで鷗外と観潮楼について。震災でも焼けなかった観潮楼だが、三七年の借家人の失火でかなりを失い、四五年一月の大空襲で灰燼に帰したという。この日のことは「その一」コースの「かどで」の節（連載時にはなく、単行本で新たに書き下ろされた）に詳しく語られている。

忘れもしない、昭和二十年一月二十九日の午過《ひる》ぎだった。その日の早暁にかなり激しい焼夷弾落下があり、本郷一帯に火災が起きたので、私は知り人を見舞う目的で、まだ危険ではあったが、西片町のK先生のところへも行った。西片町は焼けてはいなかったが、近くの東片町方面にかなりの被害があって、町は死のようにひっそりとしていた。

このK先生というのは、野田が「心の師」（「東京駅と木下杢太郎」『改稿東京文学散歩』）と仰ぐ木下杢太郎のことであった。しかし、当の杢太郎は「今朝の爆撃で団子坂方面が焼けてしまったので、森さんのお宅（観潮楼あと）がどうなったか、一寸見て、それから大学へ行くと云って出かけ」たあとだった。この頃杢太郎は深刻な病いを抱えながらも、帝大医学部皮膚科の教授として多忙な毎日を送っていたのである。

それを聞いた野田は、こんなイメージを思い浮かべる。――「その時私は鷗外の思い出を胸一杯に抱いて荒涼たる団子坂上の焼跡に立ったK先生の孤独な姿を想像した。銀髪を崖上の早春の風にまかせて、若き日の豊かな追憶にふける、老詩人のひとときの姿を想像した」。のちに野田は焼失した観潮楼の〈復活〉に半生をかけることになるが、それは野田が鷗外を、あるいは観潮楼を、という直接の関係ではない。このイメージが示唆するように、師である鷗外と観潮楼を思う杢太郎を「心の師」と仰ぐ野田の、思い半ばにして逝った師（四五年一〇月一五日没）に成り代わっての、間接的な献身だったのである。

一年後、野田は「この惨状を記録せんものと」（「観潮楼跡」）カメラマンをともなって観潮楼跡を訪れるが、その時案内をしてくれたのが、千駄木の焼け残りの一角に住む老作家のT氏だった（「かどで」――「観潮楼跡」では豊島與志雄《とよしまよしお》と実名で出ている）。「T氏は幾度となく焼夷弾に見舞われ、辺りは次々に焼け失せてゆく時、一人いつも和服姿のくつろぎを見せて、書斎に静坐していた人だった」。この時も和服姿だった豊島は、千駄木の漱石旧居にも案内してくれ、「帝大の学生時代から親しかったそのあたりの古い家々をなつかし気に、詳細に説明して呉れた」。その豊島を野田は「あの時の姿は忘れ難い」とまで言っている。

戦中からの一貫した姿勢と、「古い家々をなつかし気」に語るその熱い思いとが、野田の心を動かしたのか。いずれにしても杢太郎とあわせて「私には忘れ難いこの二人」とまで言っている。

†文学散歩を思い立つ

連載時にはなく、単行本になる時に加えられた「かどで」という文章は、「忘れ難いこの二人」のほかにも、いろいろ重要なことを言っている。戦争や敗戦による伝統美の消滅、人々の心の荒廃・物質化、「滅び去り古び去ったもの」は本当に滅び去ったのか、滅び去ったとしてもそれを知らなければ前には進めないのではないか、等々。

「そう思って私はとある冬の日に、新しい東京の文学散歩を思い立った」、というのだから、それをテーマとする本書としては見逃すわけにはいかない一節だ。次節「於母影《おもかげ》」の町」の冒頭では、「近代文学は誰が興したか」と自問して鷗外を挙げた理由として、「鷗外を選び出したのも、私にとって、この文学散歩を思い立った、そのことに直接因縁があったからでもある」と述べている。

「文学散歩を思い立った」という表現が二度繰り返されているわけで、その理由として、滅び去ったものを知らなくては、という思いと、そこに鷗外が深くかかわっている、という二点があげられている。だとすれば、この二つをつなぐのは、伝統の結晶であり鷗外の分身でもあった観潮楼の焼失以外にはない。その観潮楼焼失の重みを、杢太郎に成り代わって受け止めたことが、野田を文学散歩に向かわせた最大の理由だったのである。

この「滅び去ったものを知らなければ」、というのは〈温故知新〉にも通じるきわめて重要な概念なので、少し補足しておくと、正確には野田は「滅び去ったものを知らなければ、生々流転の法理さえ、私には納得出来そうもない」と言っている。「生々流転」とは、万物は生と死を繰り返すこと、すなわち「次々に別の状態に移り変わって、いつまでも変化しつづけること」(『日本国語大辞典』)を意味していたのだから、〈過去〉は絶えず現実や未来として復活してくる、と言い換えることもできそうである。

実は野田はこれと同趣旨のことを述べた木下杢太郎の言葉を座右の銘として、それをみずからもいろんな場所で使っていた。「過去は決して過ぎ去ったものではなく背中の方に廻った未来だと考えることが出来ます」(「国字国語改良問題に対する管見」——雑誌『文学散歩』一二号、六二年一月)というのが杢太郎の言葉だが、これを野田は、「過去に学ばずしてよき未来の建設はない」(「埋め草」、『文学散歩』一七号、六三年四月)とか、「伝統のかげが残っている」場所に立つと「美しい未来が偲ばれ」(「団子坂」、定本文学散歩全集第四巻『東京文学散歩山の手 上』)る、などと言い換えている。

あるいは前掲「かどで」のなかの、文学散歩は「過去を惜しむ」気持ちからではなく、「冢《ちよう》中枯骨を拾う代りに、冢中宝玉を求むる気持から」だ(冢＝塚と同義、墓のこと。「冢中」は過去の中に、と言い換えられる)、というのもこれと同趣旨とみてよいだろう。「冢中宝玉」

は過去の中に輝かしい未来を、の意味にとれるからである。いずれも、野田の文学散歩の核心に関わる発言と言えよう。

†観潮楼の〈復活〉

ところで、前述のように観潮楼が焼失した翌年の早春に、野田は「この惨状を記録せんものと写真師をともなって」観潮楼を訪れ、「邸跡索莫《さくばく》、旧門のあたりの一樹の銀杏古木もいまだ死せるが如く芽もふかず」という様子を撮影したが、すでにこの時から野田の念頭にあったのは、観潮楼の〈復活〉であった。

あの時から（撮影時——藤井注）鷗外記念会の事業も緒について、ぼつぼつと私は一人準備をすゝめていたが、その後文京区の文化事業として焼けあとの清掃も行われた。今は鷗外記念館建設地として大きな木標も建ち、それの出現までを児童遊園として鞦韆《ブランコ》と砂場とがしつらえられている。又昭和二十五年九月には「碩学文豪森鷗外遺蹟」の木標も新しく、東京都教育委員会より史蹟に指定されるようになった。

†車の両輪

記念館というかたちでの観潮楼の〈復活〉をめざした野田が、多くの作家の文学碑の設置に奔走したのもうなずける。その野田が現実世界にではなく本の中に記念館や文学碑をつくろうとしたのが文学散歩だったのだ。その意味では、野田にとって記念館・文学碑運動と文学散歩とは車の両輪だったのである。さらにいえば、記念館・文学碑運動とちがって文学散歩は、過去の小説を引用したりして本の中に失われた町や時代や人間を生き生きと再現することも可能だ。野田が文学散歩のとりことなったのもわかるような気がする。

†猫の家

「その一」コースに戻ろう。観潮楼跡から根津、谷中の町々を眺め、荷風の観潮楼訪問のエピソードを思い浮かべた野田は、観潮楼跡をあとにして根津権現方面へと歩を進める。このへんも例の簡便コースと重なるが、野田は大通りまで出て、右折・右折で「猫の家」に向かっている。「駒込千駄木町の焼け残りの一角」に「如何にもがっちりとした平屋建の家が、庭の囲いもとりはずしたままに家の側面を通りにみせている」。

漱石伝や文学史記述のあいまには、野田が「この界隈が焼けた翌日にもそこを通った」ことや、猫の家が庭の樹立で根津のほうから来る火勢をせきとめて奇跡的に焼け残ったことなどが明かされる。「このすぐ近くに住む豊島與志雄氏に案内されて、家の前に立ったたのもその頃であった」。そして文学碑問題である。――「この家も昭和二十五年九月に東京都教育委員会で史蹟として指定され、今はその家の前に説明標識が建っている」。野田としては、漱石より前に鷗外が住んでいたことや、観潮楼への転居後も「同町内にあって一度も会談したことがなかった」という「近代文学史中の奇談」も標識中に書いてほしかったようだが、野田の口ぶりからはそうはなっていなかったことがうかがえる。

ちなみにこの家は六三年に解体され翌年明治村に移築されて、現在は明治村を代表する展示建造物のひとつとして余生を送っている。

次は東大構内の三四郎池へ。千駄木の家（まだ移転前だ）から、帝大教授夏目金之助の「心の道を辿るように東京大学正門へと向った」（傍点引用者）、しかも「約十五分、漱石もこの位の時間をみはからって講義に出たのではないか、などと考え」ながら。作家や作中人物の気持ちになって、が文学散歩に不可欠なのは言うまでもないが、ここでの野田も忠実にそれを実践しているのである。三四郎池の様子の描写に続いては作品の紹介と引用。――三四郎と池の描写は、「私が今いる、そのままと云ってもよい程の光景描写である。既に秋ではなく、紅葉も見当らない。それに私の横には女がいない。ただそれだけの違いである」。女に尋ねられて三四郎が椎《しい》と答えた「その椎も今は年古りたまま私の前方に黒く光っていて、四十年前と今との時間の差異を忘れさせる。何もかも（人の心も）この池の一角では皆昔と同じなのであろう」。

今を忘れさせてくれる場所、というのがそもそも「東京文学散歩」では珍しいが、そこから「鉄門の通りを大学病院の前から医学部の裏をめぐって裏門の方へ」出ると、情景は一変する。門は廃墟のように破れたままであり、そこを出るとあたりは「徹底的に焼き払われて、いまだ復興も手についていないわびしいバラック建ての町である。点々と焼け跡の空地があり、空地の向うに池の水が冷く光る」。

†無縁坂

裏門から出て右手にまわり、旧・岩崎邸（現・旧岩崎邸庭園）のコンクリート塀（野田はこう書いているが、実際は下部が石垣、上部が煉瓦にコンクリート様のものを塗った塀である——藤井注）に沿って大学のほうに戻る坂道が『雁《がん》』で有名な無縁坂である。「塀際に沿って丁度塀の下の石垣の高さに戦災の塵芥がうず高く積み連ねられている。その塵芥も今は古びて枯れた雑草が被っている」。

九年後、野田は東京文学散歩第三巻『下町 中巻』執筆のためにあらためて無縁坂を訪れている。決定版の無縁坂が〈荒廃〉でくれるとすれば、九年後の無縁坂は、昔ながらの情緒と開発の兆しとに引き裂かれていた。「鷗外が『雁』を書いた頃の五十年近くも昔の感じを、今も保っている」いっぽうでは、「その前にできた旅館の看板」が「折角の静かな無縁坂の情緒を無残に毀して」もいて、「無縁坂は私の最も好きな場所である」にもかかわらず、「心なき野蛮人が横行する現代では、この無縁坂が静かなよい坂だけに、風前のともし火のような気さえしてくる」と言うのである。

野田のこの憂慮にもかかわらず、それからさらに六四年も経った現在でも、『雁』に描かれている感じをまだどこかに保存して」いると野田が評した雰囲気は、まだ依然としてある、と言ってもいいかもしれない。確かにお玉の家のあった側は三、四〇年以上も前にできたマンションでふさがれているが、肝心の岩崎邸の塀のほうは以前と変わらずにあり、往時の雰囲気は健在、とも言えるからだ。

「その一」コースに戻ると、次に野田は、『雁』の主人公・岡田の上野の山から神田明神に至る長大な散歩コース（鷗外の散歩コースでもある）を思い描きながら、みずからは無縁坂から龍岡町を抜けて、上野―本郷三丁目―春日町間の電車の通る大通りに出ている。「切通町の坂上」であり、「正面に湯島天神のコンクリートの大鳥居がすぐ目にとまった」。

ここでは土地にからんでの作家・作品の紹介、すなわち泉鏡花の『湯島詣』や『婦系《おんなけい》図《ず》』が紹介されるが、『湯島詣』の主人公が「見晴の鉄の欄干に凭《よ》って」眼下の家々を眺めたその欄干は「戦時中全部取り払われて、今はコンクリートの柱だけが、横棒もつけずに申しわけのように立っている」というわびしさだった。ただし、そのいっぽうでは、「戦後ふたたび安息の地をここに求めて集ってきた」「数十羽の鳩の群れ」も、そこには遊んでいたのだけれども。

†本郷

ここから野田は、歩いて一五分の森川町に向かった。「明治以来の学生下宿屋の多く残った、近代文士に縁の深い町」であり、「大学と共に焼け残った地域」でもある。中心人物である徳田秋声の伝記紹介をすませると、焼け残った徳田邸（本郷六―六―九）のリポートにとりかかる。ここは「長男の作家一穂《かずほ》氏が後を守っていて、すべてが在りし日のままである」。「臨終の書斎からみえる庭は、何の気取も飾り気もない秋声文学そのままの、陰影につつまれた庭」であり、「大略四十年の筆一本の文学生活が、すべてこの庭のあたりを中心に営まれたということは更に一つのおどろきでもある」。

『日本読書新聞』の連載時には、「家族の行末を思って」裏にアパートを建てたことや、書斎の横に板塀一枚隔てて木工場が建てられたことなども書かれていたが、単行本では削除された。「明治、大正、昭和に亙る永い秋声文学の足跡を偲びながら」という方向で整序された結果だろう。

†石川啄木

秋声旧居から一五〇メートルほど離れた坂（森川町新坂）の途中に、石川啄木が三階の三畳半に下宿していたという蓋平館《がいへいかん》別荘があった。『日本読書新聞』の連載のために野田が訪ねた五〇年暮れには名前こそ太栄館《たいえいかん》という観光旅館に代わっていたものの、「今もなお昔のままの形で新坂上の道の右側の崖上に大きな三階建の家を辺りの家並からひときわ高くせり出して」いたが、五四年に火災で焼失し、その後、同名で新築され、秋声旧居とともに長く文学愛好者たちに愛されてきたが、二〇一八年に七階建てのマンションに建て替えられた（本郷六―一〇―一二）。

もちろん、この時の野田は、マンションはもちろん、四年後の火災のことも知る由もなかった。そして太栄館の紹介につづけて、「太栄館の前に立って、私はこの新坂に、ひそかに「スバル」の坂と云う名を呈してみたくなった」と言っている。啄木が編集同人の一人として雑誌『スバル』を編集したこともあったことからつけた名である。この節の末尾では、家族の上京、弓町《ゆみちょう》・喜之床《きのとこ》や小石川久堅町《ひさかたまち》への転居、さらには二七歳での早逝までを駆け足で紹介しているが、この頃から野田の中で次第に啄木が大きな存在になり始めていたことがうかがえる。「その頃啄木は友人としては杢太郎を最も尊敬しはじめていた」

ことも関係があるかもしれないが、そうした啄木への逸《はや》る思いを、野田は緊急出版本ともいうべき『新東京文学散歩 続篇』の中に「啄木遺跡」というタイトルで吐露した。

ここでは伝記や転居の記録も十分に詳しいが、中心となるのは、長男の死や一家を襲った結核の悲劇、さらには決定版執筆時には訪問できなかった喜之床の現況、などであった。

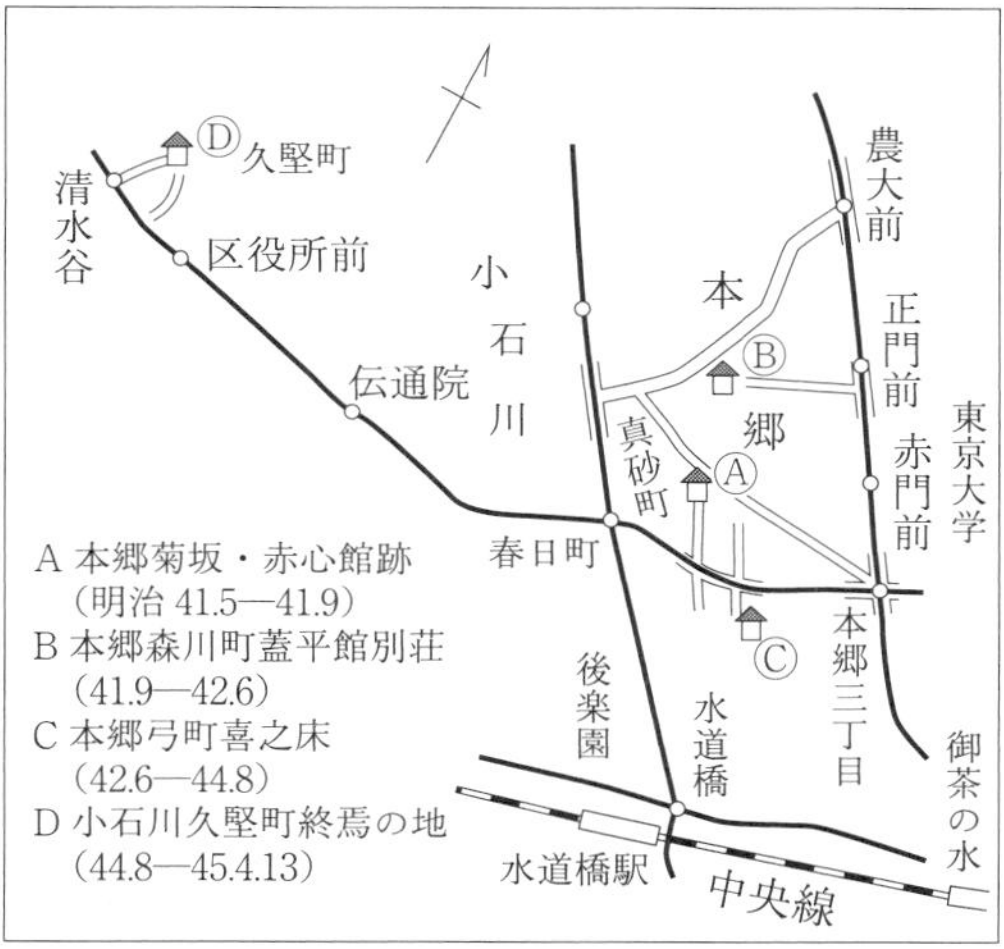

啄木転居記(『新東京文学散歩 続篇』より)

本郷三丁目の電車の十字路から、春日町に向う電車道を歩くと次に真砂町の停留所がある。春日町に向ったその左側が弓町で右側が真砂町である。昔の喜之床は真砂町の小学校前から電車通りを横切って弓町を貫通するその道路の、電車道から入ってすぐ左側にある。

野田お得意の道順案内的文体である。その喜之床の「二階が啄木が二年余にわたって病軀に鞭打ちながら文学生活にいそしんだ記念すべき部屋」だったのである。「この喜之床の前の通りは、殆ど明治以来災害をうけていない。その町のたたずまいの中に凝っと立っていると、古風な一種の落着いた明治の匂いのようなものが漂って来る」。もっとも、家主も「当時の人は既に亡く」、「二階は家人の住居だし、勝手口も日常のプライベエトな出入口」である以上、見せてもらうわけにもいかない。それにここはたまたま焼け残っただけで、「何時又どんなことが起きてそれは地上から姿を消すかも計り難い。日本の文学遺跡とはそんなはかないものである」。それは「天上の啄木」もよく知っているはずだと野田は言う。

「啄木遺跡」の末尾は、何とかこの喜之床を「啄木を永久に偲ぶ記念の家」として保存できないか、という願いで結ばれている。いくら啄木終焉の地である小石川久堅町の旧居跡が特定できたからといって、「ただ赤土だけの狭い地域」を遺跡として保存するよりも、現実に生々しく残っている喜之床こそを何とかすべきだと言うのである。

野田がふたたびここを訪れるのは六一年。のちに定本文学散歩全集第四巻『東京文学散歩 山の手 上』に収められる本郷編執筆のためであった。「あれから十年ちかくにもなる現在はどうなっているか知らない」が、「ただ外観はそのままである」のがせめてもの救いだった。結局喜之床は七八年に解体され、八〇年に明治村に移築されて第二の人生を歩み始める。弓町での保存はかなわなかったが、それでも野田の悲願は辛くもかなえられたと言えるかもしれない。ともあれ、決定版を書き継ぐなかで次第にふくらんできた啄木への思いは、『新東京文学散歩 続篇』中の「啄木遺跡」を書いても鎮静化することはなかった。啄木への熱い思いは、六一年の本郷編、六四年の小石川編(いずれも定本文学散歩全集第四巻『東京文学散歩 山の手 上』に収録)へと持ち越されることになったのである。

†樋口一葉

決定版「その一」コースに戻ろう。「「スバル」の坂の新坂をだらだらと下って行った」野田は、啄木と「同じ薄倖の文学者」ということから樋口一葉を連想する。「一葉の臨終の地は、新坂を下り切って大通りに出て、西片町を越して、その向うの崖下に当る地点にある」。これだけの描写では、読者は「一葉の臨終の地」にたどりつけない。で、その直後に野田はくわしい道順を提示する。「唐橋の脇の石段を下から橋上に登り、左に折れる……」といったような。二段構えで、まず概観して、次に這うような視点を用意する。おそらく、そのどちらか一方だけでは野田はよしとしないのである。道順がわかるということだけなら、「這うような」「くわしい道順」だけで十分なはずである。しかし、そこに野田は、鳥瞰、すなわち巨視的な視点も不可欠だと考える。巨視と微視、とはよく言われる対比的な見方だが、野田の文学散歩もそうした複眼的見方を大切にしているのである。

啄木の三畳半から一葉の終焉の地に至るまでのコースでは、何といっても「唐橋」(「空橋」)が見応えがある。東大正門前を少し入ったところにあった映世《えいせい》神社跡から西片町に通じる道の途中にある陸橋で(正式の名前は清水《しみず》橋＝本郷六―一二―八)、白山通りの西片と本郷通りの本郷弥生とを結ぶ道路が下を走っている。ここはぜひ、下を眺めながら一服することをおすすめしたい。

見逃せないのはここにも啄木がチラッと出てくることである。冬の夜遅く、映世神社の裏を一人通って、その垣根に積もった雪を食べたというエピソードである。もちろん、三階の三畳半時代のことである。ただ、ここでは野田はそのエピソードの前に長く立ち止まることはない。「大きな椎の古木を中にした一角の広場」＝「阿部公園」(現・文京区立西片公園＝西片二―三)を過ぎ、「右へぐっと曲りそのまま又左へ曲る下り坂」を下りて電車通りへと出る。現在の白山通りである。

ここからは、「つい半歳程前」の、丸山福山町四番地の「一葉在りし日の場所と覚しき地点を捜し出した」エピソードの紹介が中心である。決め手は古くからの住人である老婆の証言だった。一葉の旧居跡には「戦後に出来たバラック作りの小さなビリヤードが何ごとも知らぬ気に店をひらいていた」。

この続きは、『新東京文学散歩 続篇』中の「一葉文学碑」で明らかにされる。ビリヤード店の下に、というのはあやまりで、「一葉の家の入口にあった溝に架った橋の台石」や「崖の石に暗く水の沁みこんだ」跡などの〈物証〉の発見によって、工場と工場のあいだの「新しい建物の下」が旧居跡であることが判明したのである。そして「一葉文学碑」のもう一つの柱は、タイトル通り、文学碑ができるまでのあれこれだった。私財と土地を提供した工場主、碑文が日記からの抜粋と決まるまでの曲折、幸田文や平塚らいてうなど女流中心のそうそうたる世話人メンバー、どれも、龍泉寺の賑わい（第一章参照）に比して陽の当たらぬ本郷丸山福山町の現状に物足りぬものを感じて「デモのようにそこを訪れ」

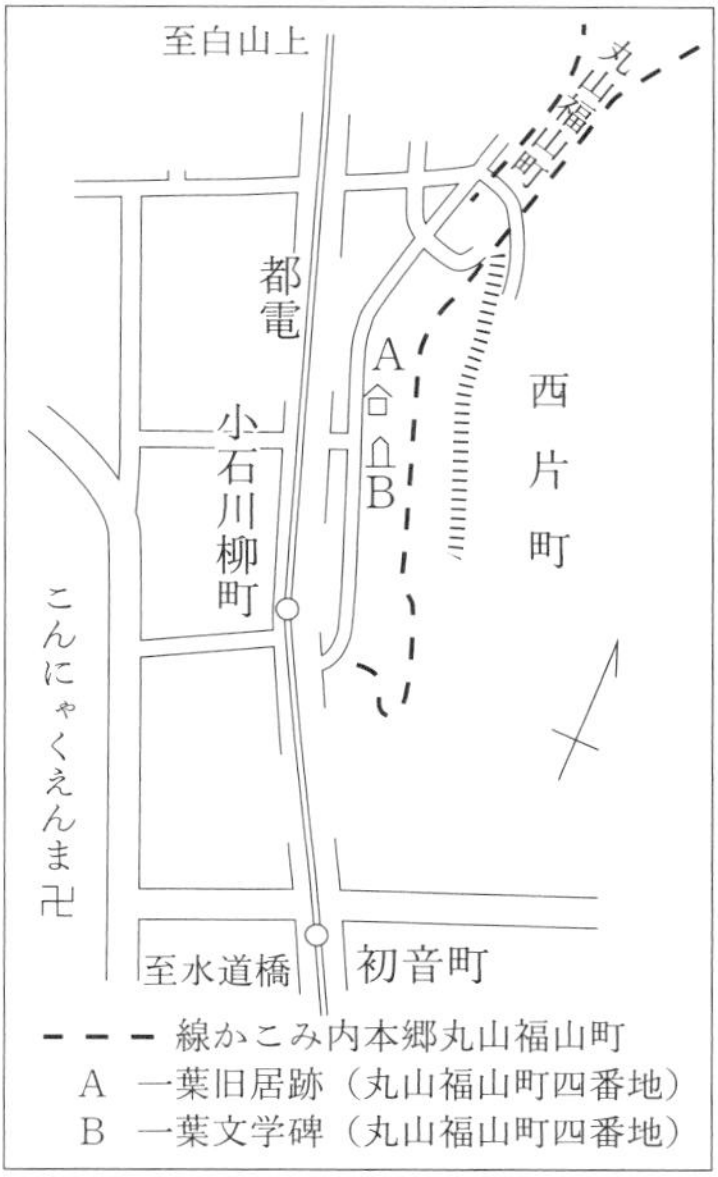

一葉旧居跡と文学碑（『新東京文学散歩 続篇』より）

て訴え続けていた野田にとって、胸のすくような快事であったにちがいない。

†「その二」コースの最終盤

さて、「その一」コースの行程もあと二つ、「蝸牛庵跡」「菊坂をすぎて」が残るのみとなった。小石川表町七九番地（現・小石川三―一七―一六）の第三蝸牛庵（第一章参照）、一葉旧居があった菊坂の路地（現・本郷四―三一～三二）、啄木の東京での最初の下宿赤心館《せきしんかん》（現・本郷五―一五）、などが足早に辿られる。

ただし、「もはや足早い冬の日はとっぷりと暮れかけてい」たせいもあって、このなかでは唯一そこに至る道も描写された蝸牛庵でさえ外観の描写はない。菊坂の路地にしても、「表町から再び柳町の方へ向い、小石川道から右へ、こんにゃくえんまの前を過ぎ、初音町から菊坂の方へ向った」とはあるものの、樋口家のある路地の真中にあったという井戸の紹介もなく、「大半が焼け跡の侘しい町」、「昔ながらの、ごみごみした谷間の町」といった概観でお茶を濁している。赤心館に至っては、「私は又、この町の赤心館の下宿人啄木を思った」の一行ですまされているという有様である。

「その一」コースの最終盤は、したがって文学遺跡の訪問というよりは、一人の散歩者の視界に入ってくる光景が中心となる。「菊坂から真砂町へ小学校前の坂を登り、電車道を横切ってお茶の水へ私は向った」。「一日を明治の文学者の心の跡を辿って来た私は、このあたりが（お茶の水の電停のあたり――藤井注）明治そのままの場所のような錯覚を起す」と言っている。しかし野田はお茶の水橋は渡らず、そこをまっすぐに進んで聖橋の下から石段を上って聖橋の橋上に立つ。

私はこの昔の面影さながらと云われる湯島聖堂を左にし、ニコライ堂のあの高いドームの寺院を右にした聖橋を愛する。水道橋へ向った神田川の上流と、須田町万世橋をこえて秋葉原の高架線の駅を中心に左右にひろがる下町一帯の展望を、東京に住む者の悦楽の一つとも思ったことがある。

本書中で何度となく紹介した、簡にして要を得た一筆書きで全体を浮かび上がらせる見事な描写である。しかも、そこには「愛」があり「悦楽」がある。無味乾燥な町歩きや名所案内とは一線を画す、野田ならではの文学散歩の真骨頂がここに示されている。

†『東京文学散歩　山の手　上』

さて、御茶ノ水駅にまでたどり着いたここまでで、決定版「その六」コースから「その一」コースに乗り入れて歩いてきた本章の散歩は終わりだが、最後に、各章にならって、ここまでで言及された場所が決定版以降でどのように書かれていたかを、未紹介のものを中心に、ここでまとめて見ておくことにしよう。もちろん、その中心となるのは、「その一」コースの最終盤で足早に辿らざるをえなかった本郷・小石川地区、すなわち定本文学散歩全集第四巻『東京文学散歩 山の手 上』である。

前述のように『東京文学散歩 山の手 上』の刊行は六五年八月だが、執筆自体は本郷編は六一年、小石川編は六四年に書かれている。野田がこの二つの地区を取り上げた理由はいくつもあるだろうが、そのひとつは、本郷・小石川地区をとりあげた決定版「その一」コースが中途半端に終わってしまったからにちがいない。具体的には、第三蝸牛庵、菊坂の路地、そして啄木の最初の下宿赤心館が、その代表例である。

この三つに関しては、確かに『東京文学散歩 山の手 上』で「その一」コースでの不備が補われている。蝸牛庵に関しては「小石川蝸牛庵跡」の節で、菊坂の路地に関しては「菊坂と樋口一葉」の節で、そして赤心館に関しては啄木を扱った複数の節で、といった具合に。それ以外にも、不備というほどのものではなくとも、「その一」コースの多くのテーマが『東京文学散歩 山の手 上』で再挑戦されている。秋声旧居、猫の家、団子坂、三四郎池、森川町、杢太郎、無縁坂、さらには一葉と丸山福山町というテーマを掘り下げた「「にごりえ」の町」などのように。

†啄木をめぐる考察

そうした再挑戦のテーマの中でも質量ともに群を抜いているのが啄木をめぐる考察だ。いま、その節名だけを先に列挙すると、こんなふうになる。――「啄木の坂」、「森川町一番地」、「啄木と「三階の穴」」、「啄木の喜之床」(以上、本郷編)、「啄木と春日町の坂」、「石川啄木終焉の地」(以上、小石川編)、といった具合である。

野田の中で、決定版から『新東京文学散歩 続篇』へと書き継ぐなかで、啄木への共感が次第にふくらんでいったのではないかということはすでに述べた。たとえば湯島をテーマとした「本郷編」の第一回には「啄木の坂」という節がもうけられている。すでに家族の上京をうけて弓町の喜之床に転居していた啄木の、「二晩おきに」「夜の一時頃」朝日新聞の校正の仕事を終えて湯島の切通坂を通って家路につく日々が紹介され、そこに、「途中、湯島の切通坂を登るときがもっとも淋しかったにちがいない」とか「わたくしが湯島切通坂を好きなのは、啄木の歌のせいである」といった言葉がかぶせられる。「「二晩おきに」の歌には啄木の生の悩みが切実であるばかりでなく明治時代の啄木のような詩人生活の実態が窺える。切通坂の歩道にはいつも人間の真実の歌が流れている」。しかも、啄木はこの頃、生後二三日の長男を失っている。一晩一円の夜勤手当のために「二晩おき」を続ける中での悲劇である。「夜おそく／つとめ先よりかへり来て／今死にしてふ児を抱けるかな」。

野田はこのエピソードを「啄木の喜之床」の節でも取り上げている。そしてそこでは、葬列に加わろうとして喜之床に駆けつけた与謝野寛（鉄幹）の「煙草」というタイトルの哀切な詩が長々と紹介されている。「啄木はロマンチックな若い詩人だ、／初めて生れた男の児をどんなに喜んだらう、／初めて死なせた児をどんなに悲しんでるだらう」とうたった鉄幹は、葬列の前を行く啄木の人力車から「渦を巻て青い煙がほおっと出た」のを見て、「ああ殊勝な事をする、啄木は車の上で香を焚いてゐるんだ」と思ったものの、鉄幹の車をかすめたその匂いは香ではなく、「あまいオリエントの匂」だった。そこで「僕も早速衣嚢《かくし》から廉煙草《やすたばこ》のカメリヤを一本抜いて火を点けた」。「二人の車からは交代にほおっと、ほおっと煙がなびいて出た」。

感動的な詩である。この頃の啄木の気持を察すれば察するほど感動的な口語詩である。香のかわりに二人が喫《の》んだオリエントやカメリヤなど、明治の人には忘れがたい煙草の名でもあろう。その匂いと味との中に、云い知れぬ人間啄木の悲哀がしみじみところもっている。……原稿料の出産費はそのまま葬儀費となって、「一握《いちあく》の砂」が出版されたのはその年の十二月であった。

啄木の悲哀、鉄幹の思いやり、そして野田の共感、三つの思いが重なった見事な鎮魂歌である。

「森川町一番地」では、決定版でも紹介されていた「雪の夜になって北国のふるさとを偲ぶ啄木が、咽喉の渇きにそっと口に入れた映世神社のヒバ垣の雪の味」のエピソードがまたしても紹介されている。「それを読んでからは一層、映世神社が忘れがたくなった」。

「啄木と「三階の穴」」は、「三畳半という奇妙な形で自他共に「三階の穴」と称した蒲団部屋のような一室を借りうけた」啄木の不如意が共感をもって紹介される。と同時に、五四年の火事で「その旅館だけが焼けてしまった」ことを嘆き、焼けたあとに「貧弱な石碑」などを造っても「全く無意味である」と憤ってもいる。

「小石川編」でも巻頭を飾るのは啄木である。「坂の上で一度停車して、ブレーキをかけながら春日町へ降ってゆく電車」を眺めていると、「自然に石川啄木の日記の一節を思い出していた」(「啄木と春日町の坂」)。窮状のあまり「ごうと音立てて坂を下る」電車への飛び込み自殺をも考えたという日記の一節を引いて、「若き啄木の悲しみを思い出さずにはいられなかった」と記している。「もちろんこのときの啄木は、四年足らずの後に本郷弓町から小石川久堅町に移って困窮の中に満二十七年の短い生涯を終えるなどとは考えてもみなかったろう」。

最後は「石川啄木終焉の地」である小石川久堅町である。野田はこのエッセイでは、「母、妻、そして啄木が死へのレースをしているような実状であった」という、痛切な比喩表現をあえて使っている。三人が結核にかかり、まず母が亡くなり、その三七日後に啄木が（一九一二年四月一三日没）、という悲惨な状況をあえて「レース」という表現に反転させたのである。

「久堅町七十四番地の啄木故家は、その後思い出の文化遺跡として保護されていたわけではないが」と野田は言っているが、戦後「その焼跡に東京都教育委員会の粗末な文化史蹟標識が立てられ」、さらに六四年に再訪すると、数年前に立てられた都史蹟の標識が「既にきたなく朽ちかけ」た状態でそこにあったという。野田の啄木への思いが深いだけになかなか及第点はもらえずにいたことがわかる。現在は隣地に高齢者施設（小石川五―一一―七）ができ、外に歌碑、中に、外からも見える顕彰室がつくられ、文学遺跡として大切に保護されているようにみえる。『東京文学散歩 山の手 上』中の啄木関連の節をざっと紹介してみたが、本郷・小石川編を名乗りながら、実態はむしろ決定版以降傾斜を深めていった啄木中心の、石川啄木編といってもいいような内容であり、構成だったことがわかる。

†鷗外記念館と明治村

さて、実質的には観潮楼跡から始まった「その一」コースだが（というより野田の文学散歩全体が観潮楼跡から始まったと言ったほうがいいのだが）、師の杢太郎に成り代わって観潮楼〈復活〉にかけた野田の思いは、鷗外記念館というかたちで紆余曲折のあげくに六二年になってようやくかなえられた。さらに記念館ということでいえば、もっと大規模で野田も深くかかわった博物館明治村（愛知県犬山市）の完成は六五年であった。そして記念館・文学碑運動に奔走した野田が、現実世界にではなく本の中に記念館や文学碑をつくろうとしたのが文学散歩だったのだ。その意味で、野田にとって記念館・文学碑運動と文学散歩とは車の両輪だったのである。

そう考えれば、五〇年暮れの本郷散歩から始まり、決定版、続篇、東京文学散歩版、定本文学散歩全集版（『東京文学散歩　山の手　上』がここに含まれる）を経て、七一年の『改稿東京文学散歩』へと至る「東京文学散歩」のあゆみと、四六年の観潮楼跡の撮影から始まり、六二年の鷗外記念館の完成、六五年の明治村の発足へと至る記念館運動の軌跡とがパラレルな関係をなすのも、しごく当然のことだったのである。

†高度経済成長下の開発ラッシュ

当初、戦災による焼け跡の中を歩き始めた野田の念頭にあったのは、焼け残ったものは極力保存し、失われたものは、記念館・文学碑の建設と、文学散歩をする／書くことによってかつての姿を本の中に残す、ということであった。しかし、そこに、当初は思いもしなかった新たな事態が出現する。第二の戦災（！）ともいうべき、高度経済成長下の開発ラッシュである。

しかし、すでに焼け跡と格闘した経験を持つ野田がこの程度のことで動じる心配はなかった。開発ラッシュの場合も対応は変わらないからである。すなわち、残されたものは極力保存し、失われてしまったものは、記念館・文学碑の建設と、文学散歩をする／書くことによってかつての姿を本の中に残す、ということに尽きるからであった。野田の文学散歩というと、ややもすると焼け跡を歩くイメージばかりを抱きがちだが、開発ラッシュで変わり果ててしまった町々を歩く文学散歩も、後半は増えてくる。

野田自身は当初予想もしなかった役割を担わされたわけだが、そのおかげでわれわれは、野田の「東京文学散歩」のなかで、戦災前の東京だけでなく、高度経済成長下の開発ラッシュに見舞われる前のなつかしい東京の姿に出会うこともできるのである。

野田宇太郎「東京文学散歩」略年表

一九五一年	『日本読書新聞』連載（全六回）
一九五一年	単行本『新東京文学散歩』（日本読書新聞）
一九五二年	『新東京文学散歩 増補訂正版』＝決定版（角川文庫） 「その一 上野・本郷・小石川・お茶の水」 「その二 日本橋・両国・浅草・深川・築地」 「その三 中洲・佃島・銀座・日比谷」 「その四 飯田町・牛込・雑司ケ谷・早稲田・余丁町・大久保」 「その五 高輪・三田・麻布・麹町」 「その六 田端・根岸・龍泉寺・向島・亀戸」 「その七 武蔵野」
一九五三年	『新東京文学散歩 続篇』（角川文庫）
一九五四年	『アルバム東京文学散歩』（創元社）
一九五八年	東京文学散歩第一巻『隅田川』（小山書店新社）
一九五八年	同第二巻『下町（上）』（築地・銀座・日本橋界隈）（同前）

一九五九年	同第三巻『下町（中）』（神田・下谷上野・谷中・根岸）（同前）
一九六〇年	定本文学散歩全集第一巻『東京文学散歩　隅田川』（東京文学散歩第一巻と同一）（雪華社）
一九六二年	定本文学散歩全集第二巻『東京文学散歩　下町　上』（東京文学散歩第二巻と同一）（同前）
一九六二年	定本文学散歩全集第三巻『東京文学散歩　下町　下』（東京文学散歩第三巻に「浅草界隈」を増補）（同前）
一九六五年	定本文学散歩全集第四巻『東京文学散歩　山の手　上』（本郷・小石川）（同前）
一九七一年	『改稿東京文学散歩』（赤坂、青山、新宿、渋谷、池袋、巣鴨、丸の内などへの新規挑戦を多く収める）（山と溪谷社）

〈補記〉これらはのちに、多くの図書館で閲覧可能な、野田の文学散歩全体をカバーした『野田宇太郎　文学散歩』全二四巻（文一総合出版）中の、第一〜七巻と、別巻一、二に再録された。各巻の内容は左記の通り。

『野田宇太郎　文学散歩　1　東京文学散歩　隅田川・江東篇』一九七七年

『同　2　東京文学散歩　下町篇　上』七八年

『同　3　東京文学散歩　下町篇　下』七八年
『同　4　東京文学散歩　山ノ手篇　上』七七年
『同　5　東京文学散歩　山ノ手篇　下』七八年
『同　6　東京文学散歩　武蔵野篇　上』七七年
『同　7　東京文学散歩　武蔵野篇　下』七七年
『同　別巻1　新東京文学散歩』七九年
『同　別巻2　新東京文学散歩　続篇』七九年

あとがき

本書の章構成が、考え抜かれたものなどではなく、思いつくがままに書いていった結果であることは第八章でも述べたが、このあとがきもその伝で、まずは巻頭の折り込み地図の見どころを紹介するところから始めよう。実はつい最近まで、飯田橋から大曲《おおまがり》、東五軒《ひがしごけん》町《ちょう》へと続く都電の北側（地図上方）に「紅陵大《こうりょうだい》」という文字が見えることを気にも留めていなかった。もちろん、ご出身の方を始めとして知っている方は知っているだろうが、実はこれは拓殖大学の当時（占領下）の名称なのである。

この地図の初版は一九五〇年の刊行だが、もう何年か後に刊行された地図ではこの名称にはお目にかかれなくなるというわけだ。この「紅陵大」事件がきっかけでさらに遅ればせながらに気づいたのは、この地図での大学名の多さだ。想像するに、地方からの受験生目当てに作られたものにちがいない。大学名と並んで名所の紹介も多いが、これは、ひと仕事（！）すんだら東京みやげに観光でもしていったらどうかという親心のあらわれだろうか。ついでに言えば、ここには「六区」はあるが「吉原」は載っていない。これもひょっとしたら親心のあらわれかもしれない。

と、まあ、こんなところから始めたのも、本は必ずしも本文ばかりを読まなくてはいけないわけではない、ということを言いたいからだ。退屈になったらこんな折り込み地図を隅から隅までなめるように楽しむ、というような本との付き合い方だってあっていいのではないだろうか。実はこれは私が日頃から実践している本の読み方でもあるのだけれども。本書中でも至るところに停留所名が出てくる。そんな時は面倒くさがらずに折り込みの路線図を見ていただきたい。きっと、本書のもう一つの楽しみ方が見つかるはずである。

思いつくがままに、ということでは、休憩・食事の「一服」シーンも同様だ。第一章を書いているうちに自然に一服シーンを入れたくなって、以下の章でも踏襲したのだけれど、実はこれは私にとっては「昔とった杵柄《きねづか》」なのである。若い読者にはこの言い回し自体が馴染みのないものかもしれないので具体的に言い直すと、町の隠れた名店案内のようなことを若い頃に新聞に連載していたことがあったのである。

「街角」というシリーズと「勝手におすすめ」というシリーズの二本立てで、前者がユニークな町の紹介、後者が、こんなことをしてみてはいかが（年を取ってもバースデーケーキ、とか）、という内容で、その前者の中で時々町の隠れた名店を紹介していたのである。で、その頃の習慣が第一章を書いているうちに頭をもたげてきて、このようなことになったのだった（名店紹介で忘れていた店が一軒ある。本書のコースには含まれないが、東武伊勢崎線鐘ケ淵駅西口で下車して水神大橋と白鬚橋とのあいだの墨堤にある隅田川神社や梅若塚跡をたずねた際、一服した駅前の店だ。名前はCAFEぷろーすと（墨田五―四四―一〇）。自信作であるらしい、他とは一味ちがうローストビーフ丼の味が今も忘れられない）。

文字通り思いつくがままにどうでもいいことを二つ書いてみたが、このへんで本題に入ると、根っからの文学散歩好き（それも、ぶらぶら歩きのほうの）なので野田宇太郎の名前はずいぶん前から知っていたが、大げさに言えば「研究対象」として、野田の「東京文学散歩」を意識するようになったのは、たぶん川本三郎さんの『今日はお墓参り』（平凡社、一九九九年一月）がきっかけだった。「失われた佳き文芸の時代へ」というタイトルで野田の再評価を促したそのエッセイを読んで、これも大げさに言えば「職業意識」を刺激されたのである。

これを受けて私が最初に書いた野田宇太郎論が「野田宇太郎研究のために」（『立教大学日本文学』二〇〇六年一二月）だった。川本本からすでに七年も経っており、ばかりでなく、タイトルの「……研究のために」からも察せられるように、直接論じるというよりは、論の出現を待望する、そしてそのための整理や準備に重点を置いた、はなはだ気勢のあがらぬものであった。「料理」という言い方が適切かどうかわからないが、野田宇太郎を、具体的には「東京文学散歩」をどう料理すればいいのか、暗中模索の、手探りの日々が続いていたのである。収穫としては、立教大学の『センター通信』(二〇一五年三月)に書いた「毎日新聞連載「東京文学散歩」前後の野田宇太郎」一本のみ、という惨憺《さんたん》たるありさまだった。

そんななか、一縷《いちる》の望みを託して、「東京文学散歩」をいろんな講座で話すようになった。いま手元のメモによると、立教のOG会の連続講座を二〇一三度から二年間(一年コース)、横須賀市の市民大学で二〇一七年度から三年間(半年コース)、半年換算にすると、合計で七クールもしゃべったことになるが(それ以外にも単発では何回も)、それでも、資料や映像・写真やらはそれなりにたまってきたが、「料理」という意味では、さしたる進捗はなかった。

ただ、いちおうこれまで何冊もの本を書いてきている著作者の勘で、そろそろ何とかなるのでないか、というか、なんとかせねば、という思いが強まり、その号砲係を『乱歩とモダン東京』(筑摩選書、二〇二一年三月)の際にもお世話になった松田健氏にお願いして、今回の仕事がスタートしたのだった。それが昨年の一〇月、ただ、この時点ではどう「料理」するかという見通しは実はなかった。あったのは、そろそろ何とかなるのでないかという勘ばかりであった。

したがって、本書は私としては珍しく、書いていくなかで「料理」方法が決まっていく初めての本となった。前述の「一服」シーンの挿入が書いていくなかで決まったのも、その一例である。本書の二大方針である、散歩コースの再編成と、それぞれの土地についての最大で二〇年間分の記述をまとめることも、実は書いていくなかで思いつき、決めていったことであった。冒頭で、思いつくがままに章構成を、と述べたが、実際は、「料理」方法も含め、すべてが思いつくがままに、で貫かれているといっても過言ではないかもしれない。

流れに身を任せて、というのは私の小説読解法の根幹を成すものだが、今回はそれが書く際にも実践されたわけである。もう一つ、方針というか、心がけたことがある。野田の達意の名文をなるべく多く紹介するということである。これも、私が小説読解の際、日頃から心がけていることだが、論者などは極力黒子に徹するべき、という考えに基づいてのことだ。したがって、ふつうの読書だと引用文は飛ばし気味に読む方も多いと思うが、本書ばかりはその逆を、ぜひぜひ実践していただきたい。

令和五年六月一一日

藤井淑禎

ちくま新書
1738

「東京文学散歩《とうきょうぶんがくさんぽ》」を歩《ある》く

二〇二三年七月一〇日 第一刷発行

著　者　藤井淑禎（ふじい・ひでただ）

発行者　喜入冬子

発行所　株式会社 筑摩書房
東京都台東区蔵前二-五-三 郵便番号一一一-八七五五
電話番号〇三-五六八七-二六〇一（代表）

装幀者　間村俊一

印刷・製本　株式会社 精興社

ISBN978-4-480-07567-3 C0295

ちくま新書

1590
大正史講義【文化篇】
筒井清忠編
新たな思想や価値観、生活スタイルや芸術文化が生まれた大正時代。百花繚乱ともいえるこの時代の文化を、最新研究の成果を盛り込み第一級の執筆陣24名が描き出す。

1136
昭和史講義
——最新研究で見る戦争への道
筒井清忠編
なぜ昭和の日本は戦争へと向かったのか。複雑きわまる戦前期を正確に理解すべく、俗説を排して信頼できる史料に依拠。第一線の歴史家たちによる最新の研究成果。

1421
昭和史講義【戦前文化人篇】
筒井清忠編
柳田、大拙、和辻ら近代日本の代表的知性から谷崎、乱歩、保田與重郎ら文人まで、文化人たちは昭和戦前期をいかに生きたか。最新の知見でその人物像を描き出す。

1508
昭和史講義【戦後篇】(上)
筒井清忠編
実証研究に基づき最先端の研究者が執筆する『昭和史講義』シリーズがいよいよ戦後に挑む。上巻は占領期から55年体制の成立まで、全20講で幅広いテーマを扱う。

1509
昭和史講義【戦後篇】(下)
筒井清忠編
最先端の実証研究者による『昭和史講義』シリーズ戦後篇。下巻は55年体制成立以降、主に一九五〇年代後半から高度成長期を経て昭和の終わりまでを扱う全21講。

1665
昭和史講義【戦後文化篇】(上)
筒井清忠編
計7冊を刊行してきた『昭和史講義』シリーズの掉尾を飾る戦後文化篇。上巻では主に思想や運動、文芸を扱い、18人の第一線の研究者が多彩な文化を描き尽くす。

1666
昭和史講義【戦後文化篇】(下)
筒井清忠編
昭和史講義シリーズ最終刊の下巻では、戦後に黄金期を迎えた日本映画界を中心に、映像による多彩な大衆文化・サブカルチャーを主に扱う。昭和史研究の総決算。

1178
銅像歴史散歩〈カラー新書〉
墨威宏
歴史的人物や偉人の像、アニメのキャラクター像など日本全国の銅像を訪ね歩き、カラー写真と共に、豊富なエピソードや現地の情報を盛り込んで紹介する楽しい一冊。

1244
江戸東京の聖地を歩く
岡本亮輔
歴史と文化が物語を積み重ね、聖地を次々に生み出してきた江戸東京。神社仏閣から慰霊碑、墓、塔、スカイツリーまで、気鋭の宗教学者が聖地を自在に訪ね歩く。

1379
都市空間の明治維新
――江戸から東京への大転換
松山恵
江戸が東京になったとき、どのような変化が起こったのか？　皇居改造、煉瓦街計画、武家地の転用など空間の変容を考察し、その町に暮らした人々の痕跡をたどる。

1219
江戸の都市力
――地形と経済で読みとく
鈴木浩三
天下普請、参勤交代、水運網整備、地理的利点、統治システム、所得の再分配……地形と経済の観点を中心として、未曾有の大都市に発展した江戸の秘密を探る！

1693
地形で見る江戸・東京発展史
鈴木浩三
江戸・東京の古今の地図から、自然地形に逆らわない町づくりの工夫が鮮やかに見えてくる。河川・水道・道路・鉄道などのインフラ発展史をビジュアルに読み解く。

1727
東京史
――七つのテーマで巨大都市を読み解く
源川真希
明治維新から今日までの約150年、破壊と再生を繰り返し発展してきた東京を様々な角度から見つめ、読み解き、その歴史を一望する。まったく新しい東京史。

1388
京都思想逍遥
小倉紀蔵
古都をめぐり古今の思考の足跡を辿る京都思想案内。源氏物語に始まり、道元、世阿弥、頼山陽、鈴木大拙、三島由紀夫に至る様々な言葉と交錯し、その魂と交響する。

ちくま新書

1144
地図から読む江戸時代
上杉和央
空間をどう認識するかは時代によって異なる。その違いを象徴するのが「地図」だ。古地図を読み解き、日本の形を作った時代精神を探る歴史地理学の書。図版資料満載。

1520
水都　東京
――地形と歴史で読みとく下町・山の手・郊外
陣内秀信
隅田川が流れる下町から、凸凹地形が魅力的な山の手、さらに古代の記憶が随所にみられる郊外まで、川、海、濠、湧水などに着目して、水の都市・東京を描き出す。

1094
東京都市計画の遺産
――防災・復興・オリンピック
越澤明
幾多の惨禍から何度も再生してきた東京。だが、インフラ未整備の地区は数多い。首都大地震、防災への備え、五輪へ向けた国際都市づくりなど、いま何が必要か？

1374
東京格差
――浮かぶ街・沈む街
中川寛子
「閑静な住宅街」「職住分離」「住みよい街」という発想はもはや時代遅れ。二極化する東京で、生きのこる街の条件は何か？　豊富な事例も交えつつ具体策を探る。

1614
アーバニスト
――魅力ある都市の創生者たち
一般社団法人アーバニスト
中島直人
アーバニスト＝ある専門性を持った都市生活者こそが、今後の魅力ある都市づくりの鍵を握っている。概念の成立と変遷を歴史的に追いかけ、その現代像を描写する。

1716
よみがえる田園都市国家
――大平正芳、Ｅ・ハワード、柳田国男の構想
佐藤光
近代都市計画の祖・ハワードが提唱した田園都市は、柳田国男、大平正芳の田園都市国家構想へとどのように受け継がれてきたか。その知られざる系譜に光を当てる。

1620
東京五輪の大罪
――政府・電通・メディア・ＩＯＣ
本間龍
２０２１年猛暑のなか、多くの疑惑と世界的パンデミックでも強行された東京五輪。そこで明らかになった利益優先、政治利用、世論誘導やメディア支配の全貌とは。